KBI08321

잃어버린 도깨비

박상재 장편동화 · 정선지 그림

아침마중

내가 만난 산도 아저씨

　어린 시절 나는 산 좋고 물 맑은 산골에서 살았습니다. 봄부터 가을까지는 온갖 꽃향기에 취하고 겨울에는 솔 내음을 맡으며 자랐습니다. 나는 4학년 때 쯤부터는 십리 정도 떨어진 외가에 가기 위해 혼자 산길을 걸어 다녔습니다.

　외가에 가면 외할머니와 외삼촌으로부터 도깨비 이야기를 들었습니다. 외삼촌이 밤에 호젓한 산길에서 만났다는 도깨비는 등골이 오싹해지도록 무서웠습니다. 도깨비는 찔레 덤불 아래 실개천에서 잡은 가재를 외삼촌에게 한소쿠리나 주었다고 했습니다. 나는 그 말을 믿지 않았지만, 나도 산길에서 도깨비를 만나면서부터 믿게 되었습니다.

　갑자기 쏟아진 소나기를 피해 원두막에 들렀다 나오는데 뿌연 안개 속에서 험상궂은 도깨비가 나타났습니다. 키가 장승처럼 큰 도깨비는 외삼촌이 만났다는 그 도깨비였습니다. 도깨비는 나에게 잘 익은 수박을 쪼개어 먹으라고 주었습니다. 그리고 수박 씨앗도 주며 텃밭에 심으라고 했습니다. 나는 그 도깨비를 '산도 아저씨'라고 불렀습니다.

산도 아저씨는 내가 어려움을 겪을 때마다 나를 도와주었습니다. 나는 초등학교를 졸업한 뒤 도시에 있는 중학교를 다녔습니다. 그런데 중학생이 된 후로는 한 번도 그 도깨비를 만날 수 없었습니다. 이 이야기는 내가 초등학생 시절 산 속에서 만났던 그 도깨비 이야기입니다. 나를 도와주었던 산도 아저씨! 지금은 잃어버린 추억 속의 도깨비를 만나러 여러분과 함께 이야기 숲속으로 들어가겠습니다.

박 상 재

박상재 장편동화

잃어버린
도깨비

- 차 례 -

외삼촌과 산도

　나는 초등학교를 졸업할 때까지 산 좋고 물 맑은 산골에서 살았다. 동으로는 남덕유산이 아버지처럼 위엄있게 우뚝 서 있고, 서쪽에는 육삼봉이라고 불리는 산이 어머니처럼 우리 마을을 품고 있었다.

　나의 아버지는 상이용사였다. 6.25 전쟁 때 강원도 철원 전투에서 용감히 싸우다가 허리를 다치셨다고 들었다. 그 때문에 아버지는 허리가 불편하여 늘 석고붕대를 하고 계셨다.

　그때 나의 외가는 우리 마을에서 십 리쯤 떨어진 양악이라는 곳에 있었다. 외가는 시냇가 양지바른 곳에 있어서 시냇물 소리가 정답게 들렸다.

　나는 다른 아이들에 비해 외가에 자주 가는 편이었다.

아버지와 함께 갈 때는 주로 버스를 이용했지만, 어머니와 둘이서만 갈 때는 산길로 갔다.

가끔씩은 나 혼자서 외가를 다녀오곤 했는데, 그때에는 늘 산길로 다녔다. 산길은 호젓하여 혼자 걷기에는 무서운 생각이 들기도 하였다.

내가 무섭기까지 한 산길로 다녔던 것은 아버지께서 차비로 주신 동전 몇 닢을 아끼기 위한 것만은 아니었다. 버스가 다니는 찻길을 걷다가 차라도 마주치게 되면, 그 뿌연 흙먼지를 다 뒤집어써야 했기 때문이다.

그뿐만이 아니다. 찻길은 늘 단조로워서 산길만큼 정겨움이 없었다. 산길을 걸으면 새소리도 들을 수 있고, 시원한 숲 그늘에서 쉬었다 갈 수도 있으며, 옹달샘 물로 더위를 식힐 수도 있어 좋았다.

하지만 이런 것들보다 더 중요한 진짜 이유가 있었다. 그것은 산길 주위에 드문드문 피어 있는 들꽃 때문이었다. 노란꽃, 흰꽃, 주홍빛 들꽃을 한 다발 꺾어 꽃다발을 만드는 기쁨은 그 무엇과도 바꿀 수가 없었다.

굽이굽이 휘돌아진 산길을 지나면 마을이 내려다보이

는 언덕이 나온다. 그 언덕에 서면 나를 언제나 함박웃음
으로 맞아 주시는 외할머니가 계신 외가가 보였다. 외가
는 냇가 언덕바지에 자리 잡은 초가집이었다.

언덕에 서면 산길을 걸을 때 느꼈던 약간의 무서움이
나 쓸쓸했던 마음은 외할머니를 만날 수 있다는 설렘으
로 바뀌었다.

비탈진 언덕길로 들꽃 향기를 날리며 달려 내려오면 맑은 냇물 속에 잠겨 있는 징검다리가 나를 맞았다.

나는 징검다리에 앉아 손발도 씻고 얼굴도 더 환하게 씻었다. 외할머니를 더 맑은 얼굴로 만나고 싶어서였다. 세수를 하고 나면 내 마음도 밝아져 콧노래가 저절로 나왔다.

♪ 논둑 밭둑 지나서 옥수수밭 지나서
오솔길을 지나면 오막살이 초가집…♪

팔짝팔짝, 징검다리를 건너 외가에 다다르면 외할머니
는 언제나 열려진 사립문 앞에서 나를 맞았다.

"우리 정기 어서 오너라. 니가 올 줄 알고 밭일도 안
나갔다. 어젯밤에 니 꿈을 꾸었거든. 아이구, 우리 정
기가 이제 다 컸구나. 혼자서 외가엘 오다니. 암, 사내
는 그렇게 똘똘해야지. 그래야지."

할머니는 나를 얼싸안고 기쁨의 눈물을 꾹꾹 삼키셨
다.

"할머니 이 꽃다발 받으세요. 제가 할머니 드리려고
일부러 꺾어 왔어요."

"아니 그러면 산길로 사뭇 걸어왔단 말이냐?"

"네, 할머니. 산길로 오는 것이 더 빠르고 심심하지도
않아 좋아요."

할머니의 주름졌던 눈가에 금세 도라지꽃같이 환한 웃
음이 감돌았다.

"애비가 차비도 안 주고 걸어가라고 하더냐?"

"아뇨. 차비는 받았지만, 할머니께 꽃다발 만들어 선물하려고 산길로 온 거예요. 제 담력도 시험해 볼 겸 해서요."

"에고, 기특도 하지. 에미가 고생하고 사는 보람이 나겠다."

외할머니는 내가 건네준 꽃다발을 소중한 선물인 양 감싸 들었다.

"소담스럽기도 하구나. 이건 자줏빛 바디나물꽃, 노란 꽃은 마타리, 보라색은 소리쟁이꽃이로구나. 어쩌면 이렇게 색색으로 예쁘게 만들어 왔냐?"

외할머니는 장독대에서 작은 질항아리를 가져다 그곳에 물을 붓고 꽃을 담으셨다. 나는 할머니가 기뻐하는 모습을 보며, 여러 종류의 꽃을 더 많이 꺾어 올 걸 그랬다고 생각했다.

"외할머니는 어떻게 꽃 이름을 그리도 잘 아세요?"

"이 할미가 풀꽃과 약초에 대해서는 박사 아니냐? 애비 허리 고치려고 그동안 캐어다 준 약초만도 아마 열

가마니도 넘을 게다."

외할머니는 산과 들을 누비며 아버지의 허리 아픈 데에 좋다는 약초를 캐 모았다. 그것을 잘 다듬어 보자기에 싸 머리에 이고, 열흘이 멀다 하고 우리 집으로 달려왔다. 내가 걸었던 산길을 훠이훠이 숨 가쁘게 걸어서 말이다.

외할머니가 내 눈을 빤히 들여다보며 말했다.

"앞으로는 차 타고 좋은 길로 다녀라. 산길로 오다가 후미진 곳에서 도깨비라도 만나면 어쩌겠냐?"

"할머니, 요즘 세상에 도깨비가 어디 있겠어요? 혹시 있다고 하더라도 대낮에 나타나겠어요?"

나는 짐짓 태연한 척하려고 목소리에 힘을 주었다. 외할머니는 정색을 하고 말했다.

"솔고개를 넘어오면 각시바위 방죽이 나오지. 그곳을 지나 좀 더 거슬러 오면 실개울이 있지 않더냐. 니 외삼촌이 그곳에서 도깨비를 만났다는구나, 글쎄."

순간 나는 온몸이 움츠러들며 소름이 쫙 끼쳐 옴을 느꼈다. 하마터면 할머니의 품으로 달려들 뻔했다.

"할머니, 그 말이 사실이에요?"

그렇게 말해 놓고 생각하니 할머니가 나를 놀리려고 거짓말을 한 것도 같았다.

"할머니, 제가 어떻게 나오나 보려고 시험해 보신 거죠?"

외할머니의 눈빛은 사뭇 진지했다.

"내가 왜 눈에 넣어도 아프지 않을 손자한테 거짓말을 하겠냐? 이 할미가 망령든 것도 아닌데…."

"할머니, 그럼 참말이란 말씀이에요?"

"그럼 참말이구말구. 자세한 이야기는 이따 네 외삼촌이 돌아오면 직접 듣도록 해라. 본인의 입을 통해 들어야 더 실감이 날게야."

그 말을 듣고 나니, 나도 모르게 무서운 생각이 마음속으로 스멀스멀 밀려들고 있었다.

'실개울이라면 찔레꽃 덤불이 무성하고, 내가 걷다 잠시 쉬며 가재를 잡았던 곳 아닌가! 할머니 말씀대로라면 외삼촌이 그곳에서 도깨비를 만났다는 이야기인데….'

이렇게 생각하니 갑자기 머리카락이 쭈뼛해졌다.

외할머니가 그런 내 마음을 읽었는지 좀 더 포근한 목
소리로 말했다.

"니 말대로 아무리 호젓한 산길이라 하더라도 대낮에
는 도깨비가 나타날 리가 없지. 혹시 나타난다 하더라
도 우리 정기같이 착한 아이에게는 도움을 주었으면
주었지 해코지는 하지 않을 게야."

　할머니는 나를 마루에서 쉬게 하고 부엌으로 들어갔
다. 내가 좋아하는 부추전을 만들어 내 오기 위해서였
다.

　할머니가 만들어 온 부추전은 집에서 어머니가 해 준
것보다 훨씬 고소하고 감칠맛이 있었다. 나는 맛있는 부
추전을 배불리 먹고 스르르 잠에 빠져들고 말았다.

　"정기 왔구나. 오느라고 피곤했나 보구나."

좀 카랑카랑한 큰외삼촌의 목소리에 번쩍 눈을 떴다. 큰외삼촌은 퇴비로 만들 풀을 한 짐 지고 와서 외양간 옆에 내려놓고 있었다.

"혼자 왔냐?"

큰외삼촌은 싱글싱글 웃는 얼굴로 반가워하며 내 머리를 자꾸만 쓰다듬어 주었다.

"혼자서 산길로 걸어왔다는구나, 글쎄."

할머니의 억양에는 자못 대견스럽다는 말뜻이 배어 있었다.

"참, 어머니도. 이제 정기도 어린애가 아니에요. 열한 살이나 되었는데, 옛날 같았으면 벌써 장가들 나이잖아요."

"허긴 그렇구나. 어서 더 자라서 장가도 가고, 돈도 많이 벌어야지."

할머니는 재미있다는 듯이 연해 히죽히죽 웃고만 있었다.

"큰외삼촌! 산길 실개울가에서 도깨비 만났다는 말이 사실이에요?"

"외할머니가 그러시던? … 암, 사실이고말고. 내가 그 이야기 해줄까? 여기서 듣는 것보다 물가에 앉아 듣는 것이 더 제격일 게다."

큰외삼촌은 내 손을 잡고 사립문을 나섰다. 어느덧 해도 지고 땅거미가 밀려들고 있었다.

돌돌돌, 흐르는 물소리. 여느 때 같았으면 그것은 정겹게 들렸을 것이다. 하지만 그 소리가 조금은 무섭게 느껴지기까지 했다. 외삼촌의 입에서 튀어나올 도깨비 이야기 때문일 것이다.

큰외삼촌과 나는 바위에 걸터앉아 냇물에 발을 담갔다. 큰외삼촌의 도깨비 이야기가 냇물 소리에 실려 흘러나오기 시작했다. 나는 숨소리까지 죽여 가며 그 이야기에 넋을 빼앗기고 말았다.

작년 이맘때였지. 외할머니께서 너희 집에 약초를 갖다주고 오라고 하지 않았겠냐. 아버지가 늘 달여 마시는 그 약초 말이다.

약초만 갖다주고 빨리 돌아올 생각으로 오후 늦게 출

발했지. 너희 집에 들렀다 바로 나오려는데 네 아버지가 한사코 놓아주지 않는 거야. 기어이 저녁밥을 먹고, 자고 가라는 거지.

너희 아버지 고집이 황소고집인 줄은 그때 처음 알았다. 나는 할 수 없이 붙들려 앉고 말았지. 네 아버지의 성화에 못 이겨 누님이 술상을 차려 오더구나. 네 어머니가 말이다.

네 아버지는 허리가 아픈데도 술은 또 여간 좋아하지 않냐? 나는 술에 약하지만 자꾸 권하는 바람에 두 홉들이 소주 한 병은 마셨지. 조금씩 취하자 어질어질해지더구나.

마침 그날 밤에 우리 집 돼지가 새끼를 날 것 같다는 기분이 들었어. 그날이 예정일이었거든. 돼지 때문에 더 이상 머물러 있을 수가 없었지. 막무가내로 붙잡는 너희 아버지의 손을 뿌리치고 집으로 향했지. 막차도 놓쳤기 때문에 할 수 없이 걷기로 했단다.

신작로로 갈까 하다 지름길인 산길을 택했지. 마음이 급한 데다 술도 거나해서 그런지 밤인데도 별로 무섭지는 않더구나. 달빛 때문에 길을 가기에 그다지 불편하지도 않았지. 그런데 문득 각시바위 옆 방죽을 지날 때에는 조금 무서운 생각이 들더구나. 몇 년 전에 그곳에서 파파실마을 처녀 한 명이 빠져 죽었거든.

나는 담배를 피우지 않지만, 담배가 있다면 한 대 피우며 가고 싶더구나. 어느덧 방죽으로 통하는 실개울 옆을 지나는데 두런두런 사람 소리가 들리는 거야. 자세히 보니 가시덤불 밑 개울 속에서 누군가가 가재를 잡고 있는 것 같더란 말이야. 손전등을 켜고 잡는지 덤불 밑이 훤하더라구.

나는 밤길에 그 사람이 놀랄까 봐 짐짓 헛기침을 두어 번 하고 계속 잰걸음으로 걸었단다. 그때 갑자기 등 뒤에서 이상한 소리가 들리더구나.

"여보게 친구, 같이 가자구."

힐끔 뒤돌아본 나는 얼어붙듯 제자리에 우뚝 멈추고 말았단다. 키는 장대같이 크고, 헝클어진 머리카락에, 눈썹 위에는 소뿔 같은 혹이 두 개나 솟아 있는 남자가 허우적대며 뒤따라오지 않겠냐?

'이야기로만 듣던 도깨비로구나!'

순간 술이 확 깨고 정신이 반짝 들더구나. 기운이 빠졌던 팔다리에는 새로운 힘이 솟구쳐 오면서.

"영만이, 이 밤중에 어디를 그리 바삐 다녀오는가?"

내가 얼핏 그 자의 얼굴을 보았는데 마치 탈바가지를 쓴 것처럼 험상궂더구나. 하지만 왠지 날 해칠 것 같지는 않다는 생각이 들었어. 나는 침착하게 대답했지.

"난 자네를 모르는데, 자네는 어떻게 내 이름을 알지?"

"자네만 아는 게 아니라, 마을 사람 모두를 다 알고 있지. 그 집 숟가락 수가 몇 개인지, 그 집에서 기르는 닭이 몇 마리인지도 훤히 알고 있다네."

나는 그 친구의 말에 점점 귀가 솔깃해졌단다. 그래서 이름을 물었지.

"내 이름? 굳이 알고 싶다면 산도라고나 해두지."

그 친구는 내가 묻지도 않은 말을 해서 나를 더욱 놀라게 했어.

"자네가 보기 드문 효자라는 것도 나는 알고 있네. 자

네 어머님은 가재 요리를 퍽 좋아하시지. 이것 내가 잡은 가재인데, 가져가서 어머니 반찬 해드리게. 자네 마누라 음식 솜씨는 동네에서 알아주지 않는가?"

그 친구는 옆에 끼고 있던 소쿠리를 내게 내밀었어. 소쿠리 속에는 크고 싱싱한 가재들이 그득 들어 있지 않겠냐? 꿈틀꿈틀 살아 있는 가재들이었어.

내가 깜짝 놀라 물었단다.

"자네는 가재 잡는 솜씨가 보통이 아니네."

그 친구는 기분이 좋은지 껄껄껄 웃더구나.

"어디 가재 잡는 솜씨뿐인 줄 아나? 자네 집 농사도 풍년이 들게 해줄 수가 있지. 땀 흘려 일하면 내가 도와주겠네."

우리는 사뭇 이야기를 하며 마을이 내려다보이는 언덕 가까이까지 왔단다. 그런데 갑자기 그 친구가 곁에 있지 않다는 생각이 들었어. 나는 얼른 뒤를 돌아다보았지.

도깨비 산도는 어느 틈엔가 산모퉁이를 휘적휘적 걷고 있었어. 오던 길을 다시 되돌아가는 거였지. 그 친구가 갑자기 걸음을 멈추더니 뒤돌아 소리치더구나.

"이봐, 영만이. 자네 집돼지가 새끼를 열 마리나 낳았어. 기분 좋은 일 아닌가? 그럼, 어서 가보게."

말이 끝나기가 무섭게 도깨비는 산모퉁이를 돌아 사라지고 말았단다.

나는 순간 섬뜩한 생각이 들었어.

'내가 도깨비한테 홀린 게 분명해.'

나는 손에 들고 있는 소쿠리 속을 자세히 살펴보았지. 달빛 속에서 살아 있는 가재들이 꿈틀거리고 있었단다.

나는 정신없이 언덕길을 내려와 징검다리를 건넜지. 그러다 발을 헛디뎌 냇물에 빠지는 바람에 소쿠리를 놓치고 말았단다. 소쿠리를 버려둔 채 집에 돌아왔을 때 온몸은 땀으로 젖어 있더구나.

그 이야기를 네 외할머니와 외숙모한테 들려주었더니 도무지 믿지 않는 거야. 그런데 신기한 것은 그 친구의 말대로 우리 돼지가 새끼를 정확히 열 마리 낳았다는 사실이야.

다음 날 아침, 징검다리 부근에 가보았더니 그 친구가 건네주었던 소쿠리가 바위틈에 걸려 있더구나. 물론 가재들은 한 마리도 없고.

내가 소쿠리를 건져다 외할머니한테 보여 드렸더니 이런 말씀을 하시더구나.

"도깨비짓이 분명하구먼."

그때였다.

갑자기 '풍덩' 하고 등 뒤에서 물장구치는 소리가 들렸다.

"누구여?"

외삼촌이 깜짝 놀라며 벌떡 일어섰다. 나도 어찌나 놀랐는지 외삼촌의 굵은 팔뚝을 잡은 채 떨고 있었다.

"저예요. 저녁밥 준비되었으니 빨리 올라오세요."

외숙모의 목소리였다.

"난 또 도깨비가 장난하는 줄 알았어요."

외삼촌은 재미있다는 듯 껄껄 웃으며, 내 손을 꼭 잡고 집으로 돌아갔다.

도깨비와 수박씨

새소리와 함께 새 아침이 밝았다. 새들은 반짝반짝 빛
나는 아침 이슬을 그 작고 예쁜 부리로 콕콕 쪼아대고 있
었다.

반질거리는 감나무 잎들도, 돌담장 위의 넓은 박 잎사
귀들도 새로운 하루를 시작하려고 세수를 하고 있었다.

큰외삼촌은 소에게 먹일 꼴을 베기 위하여 들로 나가
고 없었다. 큰외숙모는 부엌에서 아침밥을 짓고, 외할머
니는 마루에 앉아 약초를 손질하고 있었다.

"외가 식구들은 모두들 부지런하세요."

나는 늦잠 잔 것이 조금 부끄러웠다.

"산길로 오느라 피곤한 데다, 어젯밤에 늦게 잠자리에
들지 않았냐?"

외할머니는 나의 늦잠을 감싸주기 위해 짐짓 더 포근한 목소리로 말했다.

"정기 일어났냐? 냇가에 가서 세수하고 오너라. 아침 밥상 차려 놓을 테니까."

외숙모의 목소리는 언제나 싹싹하고, 이슬방울처럼 또랑또랑해서 좋았다.

나는 냇가로 발길을 옮겼다. 냇물 소리 비켜 가는 바윗돌마다 아침 햇살이 내려와 노닐고 있었다.

세수를 하다가 문득 도깨비 생각이 났다.

'나도 한 번 그 도깨비를 만나 봤으면…. 그러면 아버지의 허리를 낫게 해 달라고 부탁해 볼 수도 있을 텐데….'

혹부리 영감의 혹을 없앨 수 있는 힘을 가진 도깨비라면 아버지의 다친 허리도 충분히 고칠 수 있으리라는 생각이 들었다.

나는 아버지가 갑자기 보고 싶어졌다.

'집으로 갈 때에도 산길로 가야지.'

나는 버스 요금을 아껴 아버지에게 담배를 사다 드리

고 싶었다. 당시에는 아이에게도 담배를 팔던 때였고, 아버지는 담배를 무척 좋아하셨으니까.

아침을 먹는데 외할머니가 도깨비 이야기를 꺼냈다.

"도깨비의 신통력만 있다면, 정기 애비의 허리도 씻은 듯이 낫게 할 수 있을 텐데…."

"어머니, 제가 그 도깨비를 다시 한번 만나면 정기네 집으로 데리고 갈게요. 우리 매형 허리 좀 낫게 해달라고 매달려 보죠."

외삼촌은 껄껄 웃었지만, 외할머니는 자못 진지한 표정을 감추지 못했다.

점심때가 다 되어 정다운 외가 식구들과 헤어져야 했다. 외할머니는 무명 보자기로 싼 약초 보따리를 내밀며 말했다.

"그리 무겁지는 않으니까 차 타고 가면 힘들지 않을 게다."

외숙모는 내 손에 버스 요금의 다섯 배도 넘는 돈을 쥐여 주었다.

"외할머니, 저는 산길로 가고 싶어요."

"보따리가 있어서 힘들 텐데, 좋은 길로 차 타고 가지 그러냐."

나는 외할머니의 염려를 무시하고 산길로 가는 길을 택했다.

"애비를 닮아 고집이 황소고집이지."

외할머니는 사립문에 서서 내 뒷모습을 지켜보고 있었다. 내가 징검다리를 건너고 언덕길을 오를 때까지 허전함을 메우려는 듯 자리를 지켰다. 외할머니는 내가 보이지 않을 때까지 사립문 앞에서 있었다.

언덕 위 들길에는 바람이 살았다. 바람은 벼 포기 사이로 숨어다니며 숨바꼭질도 하고, 콩밭 사이사이를 누비며 술래잡기를 즐기기도 했다.

길섶의 패랭이꽃들이 깔깔대며 소리쳤다.

"바람이 간지럼을 태우고 다녀요."

외삼촌이 도깨비를 만나 함께 걸었다는 길을 거슬러 가게 되었다. 아무것도 모르고 걸었던 전날과는 기분이 전혀 딴판이었다.

도깨비가 사라지며 손을 흔들었다는 산모퉁이를 돌아,

산꿩 울음소리가 들리는 오솔길로 접어들었다.

시간이 흐를수록 약초 보따리 때문에 발걸음이 무거워졌다.

'이렇게 힘들 줄 알았다면, 외할머니의 말씀을 들을 걸.'

나는 조금씩 후회의 발자국을 찍어 가고 있었다. 하지만 그런 기분은 오래 가지 않았다. 산자락 여기저기서 다투어 눈짓하는 꽃들 때문에, 보따리가 무거운 줄도, 산길이 지루한 줄도 몰랐다.

나는 그 꽃들 중에서 가장 탐스런 꽃들만 골라 정성껏 꺾어 모았다. 이번에는 아버지께 드릴 꽃다발을 만들기 위해서였다.

아버지는 들꽃을 무척이나 좋아하셨다. 전쟁 중에도 들꽃을 꺾어 철모에 꽂고 다녔을 만큼 들꽃에 대한 사랑이 유별나셨다고 한다.

그런 아버지를 위해 들꽃 다발을 만드는 기쁨은 말할 수 없이 컸다. 그것은 외할머니에게 드리기 위하여 꽃다발을 만들던 것과는 또 다른 것이었다. 나는 콧노래를 흥

얼거리며, 외할머니가 알려준 마타리, 소리쟁이, 바디나
물꽃 같은 들꽃들로 다발을 만들어나갔다.

한 손에는 보따리를 들고, 또 한 손에는 꽃다발을 들
고, 노래까지 섞어 날리며 실개울 근처까지 왔다. 찔레꽃
덤불 밑으로 돌돌거리며 흐르는 개울물 소리가 가슴 속
깊이 파고들었다.

갑자기 찔레꽃 덤불이 가늘게 일렁이더니 무엇인가 촐
싹거리며 나부대고 있었다. 나는 머리가 쭈뼛해지며 마
른침이 삼켜졌다.

'혹시 그 도깨비가 아닐까?'

나는 조바심이 났다. 간밤에 들었던 도깨비 이야기가
먹구름처럼 머릿속으로 파고들었다. 덤불 쪽으로는 일부
러 눈길을 주지 않았다. 숨을 몰아쉬며 바삐 걸었다.

그때 찔레꽃 덤불 속에서 작은 새 두 마리가 포르르 솟
아올랐다.

"고약한 놈들. 괜히 겁먹었잖아."

내 손아귀를 벗어난 돌멩이 하나가 찔레 덤불을 출렁
이게 만들었다.

하늘이 심상치 않았다. 서쪽 하늘부터 점점 어두워지기 시작하더니 순식간에 먹구름이 몰려들었다.

'외할머니의 말씀을 안 들어 벌을 받게 되나 보다.'

나는 이런 생각을 하며 빠른 걸음으로 걸었다. 오솔길 옆 개암나무 넓은 잎에 빗방울이 후드득거리기 시작했다. 보따리 때문에 마음대로 뛰어갈 수도 없었다.

빗줄기가 점점 세어지고 있었다. 비를 흠씬 맞으며 걷기가 민망스러울 정도였다. 문득 저만큼 밭 한가운데에 원두막인 듯한 피난처가 보였다. 단숨에 그곳을 향해 밭둑 길로 뛰었다.

원두막은 많이 낡아서 군데군데 비가 새는 곳도 있었다. 하지만 소나기를 피할 수 있게 된 것이 다행이었다.

나는 신발을 가지런히 벗어 두고 마루로 올라갔다.

짚방석의 촉감이 포근해서 좋았다. 개구리들의 울음소리가 빗소리보다도 더 질펀하게 쏟아지고 있었다.

비는 좀처럼 멎을 기미를 보이지 않았다. 비에 젖어 함초롬히 피어 있는 산나리꽃이 더욱 환하게 느껴졌다.

먼 산에 비안개가 엷게 드리워졌다. 콩잎에 드는 빗소

리가 자장가 소리로 들리면서 졸음이 안개처럼 스멀스멀 밀려들기 시작했다.

문득 이상한 느낌이 들어 눈을 떴다. 장승처럼 키 큰 남자가 나를 지켜보고 서 있었다.

'앗, 도깨비구나.'

나는 대번에 그런 생각이 들었다. 갑자기 몸이 움츠러들며 오들오들 떨리기 시작했다.

"무서워하지 마라. 난 네 외삼촌 친구니까."

난 두려움 때문에 차마 입이 벌어지지 않았다. 도깨비는 내 마음을 알아차린 듯 부드러운 목소리로 말했다.

"니가 정기지? 솔밭 거리에 사는 용식 씨 아들 아니냐? 네 아버지는 수박을 무척 좋아할 게야. 술 좋아하는 사람은 수박도 좋아하기 마련이지."

도깨비는 크고 싱싱한 수박 한 통을 내 앞에 내밀었다.

"아저씨는 도대체 누구세요?"

"네 외삼촌은 나를 한 번 만난 일이 있지. 내 이름은 산도야. 넌 아직도 날 두려워하고 있는 것 같구나."

도깨비는 섭섭하다는 말투였다. 얼어붙어 있던 내 마

음도 비에 녹듯이 조금씩 풀리기 시작했다.

"외삼촌한테 아저씨 이야기 들었어요. 아저씨는 참 좋은 분이시더군요."

난 도깨비를 기분 좋게 해주고 싶었다. 그편이 내게 더 유리할 것 같아서였다.

도깨비는 몹시 기분이 좋은 듯 히죽히죽 웃고 있었다. 좀 험상궂은 얼굴이지만 눈빛만은 티 없이 맑았다.

난 도깨비에게 나쁜 감정이 사라졌음을 알려주려고 차분하게 말을 걸었다.

"아저씨는 사는 곳이 어디예요?"

도깨비가 천진스런 웃음을 보냈다. 그러면서도 눈빛만은 줄곧 살아 있었다.

"난 산들바람과 사촌이야. 떠돌아다니며 살지. 개울가에서도 살다가, 동굴 속에서도 살고, 또 덤불 속에서도 살지. 하지만 내가 사는 곳은 대부분 산속이란다."

"그래서 아저씨 이름이 산도로군요."

도깨비의 눈이 반짝 빛났다.

"그래, 넌 역시 총명하구나. 아저씨가 특별히 주는 수박이니 어서 먹어라."

도깨비는 별 힘도 들이지 않고, 마치 사과를 손으로 쪼개듯 수박을 쪼개어 내게 내밀었다. 단내 나는 향기가 물씬거렸다. 내가 먹지 않고 머뭇거리자, 도깨비가 먼저 한 입 베어 물었다.

"무척 달고 맛있다. 어서 먹어 봐."

나도 덥석 베어 물었다. 언젠가 딱 한 번 먹어 보았던 수박 맛과는 비교도 안 되게 맛있었다. 나는 한 조각을 다 먹어 치운 다음 길들여진 강아지처럼 다소곳이 앉아 있었다.

단물을 뚝뚝 흘리며 게걸스럽게 수박을 먹던 도깨비가 뜨악한 표정으로 물었다.

"왜 더 먹지 않고, 잠자코 있냐?"

"그만 먹고 아버지 갖다 드리고 싶어서요."

도깨비의 눈에 맑은 이슬이 고였다. 바람에 일렁이는 이슬이었다.

"마음이 박꽃 같구나. 정말 갸륵해. 하지만 먹던 수박을 갖다줄 수야 없지 않겠냐. 내가 씨앗을 줄 테니까,

가져가서 내년 봄에 심어라. 그러면 한여름 내내 동네 잔치를 할 수 있을 만큼 많은 수박이 열릴게다. 도깨비는 충실해 보이는 까만 씨앗 다섯 개를 내 손에 쥐여 주었다.

"자, 이제 마음 편하게 다 먹고 가거라. 이 수박은 복 수박이라 언젠가는 남에게 박수받을 복이 주렁주렁 매달릴 게야."

나는 귀가 솔깃해져 남은 수박을 깨끗하게 먹어 치웠다.

'이 근처엔 아무리 살펴봐도 수박밭이 없는데, 도대체 이 큰 수박을 어디서 구했지?'

나는 수박을 먹으면서 연해 이런 생각에 잠겼다. 궁금증을 덮어 두려니 맛있게 먹은 수박 맛이 개운치 않았다.

"아저씨, 그런데 이 수박은 어디서 구했죠?"

"그건 비밀이라서 말해 줄 수 없다. 훔친 것은 아니니까, 네가 신경 쓸 것까지는 없지 않겠냐?"

도깨비는 아주 야릇한 웃음을 흘렸다.

"제 아버지 이름을 아시는 걸 보면, 아버지가 허리를

다쳐 고생하시는 것도 알고 계시겠군요."

"물론이지."

"그럼, 아저씨의 신통력으로 제 아버지 허리 좀 낫게 해주실 수 없나요."

도깨비는 어두운 얼굴로 도리질을 했다.

"사람이 만든 병은 사람이 고쳐야지."

도깨비의 목소리가 차갑게 느껴졌다.

비가 그치자 하늘이 다시 맑아졌다. 나는 보따리와 꽃다발을 챙겨 들었다. 도깨비가 나를 빤히 내려다보며 말했다.

"집에서 기다리니까, 빨리 가봐야지. 넌 어른이 되기 전까지는 고생을 하겠지만, 어른이 되고 나면 세상 사람들에게 존경받으며 이름을 날릴 수 있게 될 게야. 초년고생 복은 타고났으니 달게 받아들여야지."

도깨비는 술 취한 사람처럼 중얼거리더니 휘적휘적 산마루 쪽으로 걸어갔다. 내가 잠깐 수박씨를 호주머니에 넣느라고 한눈을 판 사이에 도깨비는 온데간데없었다.

집으로 돌아오면서 담배를 몇 갑 사다 아버지께 드렸

다. 아버지께 도깨비 이야기를 들려드렸더니 도무지 믿
으려 들지 않았다. 어머니도 수박씨를 보고서야 겨우 반
절 정도만 믿는 눈치였다.

"정기는 상상력이 아주 풍부하구나. 이다음에 커서 작
가가 되어 그 이야기를 동화로 꾸며도 되겠구나."

아버지는 사뭇 내가 꾸며 낸 이야기로밖에는 여기려
들지 않았다. 평소에 부모님을 속인 기억이 없는 나로서
는 섭섭하기 그지없었다.

나는 어서 빨리 이듬해 봄이 오기를 기다렸다. 그것은
수박씨 때문이었다.

여름산의 도깨비

온 세상이 푸르러졌다. 날씨가 더우니 산속 개울을 자주 찾았다. 개울가에는 산딸기가 빨갛게 익어가고 있었다.

"우리 산딸기 따 먹으러 산에 갈까?"

나는 이웃에 사는 순희에게 용기를 내어 말했다.

"산딸기 많이 있는 곳 알고 있어?"

"싸릿골에 가면 산딸기 많이 있대. 지난번 규종이가 그곳에 가서 배가 부르게 따 먹고 왔대."

순희는 반색을 하며 따라나섰다.

논벌에서 개구리 울음소리가 들리고, 이따금씩 뻐꾸기 노랫소리도 울려 퍼졌다.

우리는 논둑길을 걸어 싸릿골을 향했다.

우리가 걸어가면 놀란 개구리들이 논으로 폴짝폴짝 뛰어 들어갔다.

"뜸북 뜸북 뜸 뜸…."

가까운 곳에서 뜸북새 소리가 들렸다.

"뜸북 뜸북 뜸 뜸…."

"진짜 뜸북새 소리 같아."

내가 뜸북새 소리를 흉내내자, 순희가 칭찬을 해 주었다.

"순희야, 너 가수잖아. '오빠 생각' 노래 한번 해봐."

"가수는 무슨? 정기 니가 원하면 한번 해볼게."

순희는 목청을 가다듬더니 노래를 하기 시작했다.

뜸북 뜸북 뜸북새 논에서 울고
뻐꾹 뻐꾹 뻐꾹새 숲에서 울제

순희의 목소리가 높아지자 나도 노래를 따라 불렀다.

우리 오빠 말 타고 서울 가시면

비단 구두 사가지고 오신다더니

"와, 정말 순희 너는 가수가 될 것 같아. 어쩌면 그렇
게 노래를 잘하냐?"
"정기 너와 같이 부르니까 목소리가 더 잘 나오는 것
같아."
수줍어하면서도 환하게 웃는 순희가 예뻐 보였다.
갑자기 검정새 한 마리가 푸드덕 날아올랐다. 부리는

황색이고, 꽁지 밑은 흰색이었다.

"수컷 뜸북새야."

"정기 너는 공부를 잘하니까 정말 모르는 게 없어."

"우리 외삼촌한테 들었어. 뜸북새는 수컷이 '뜸북 뜸
뜸' 하고 운다고. 아마 짝을 찾기 위해 우는 걸 거야."

"우리 노래가 너무 컸나 봐. 우리 때문에 놀라서 도망
을 갔잖아."

순희가 미안스러워하는 표정으로 말했다.

눈둑길을 지나니 산길이 나왔다. 졸졸거리며 내려오는 개울물 소리가 들렸다.

한참을 올라가니 이마에서 땀이 흘러내렸다. 뒤따라오던 순희도 조금 지쳐 보였다.

"이럴 줄 알았으면 모자를 쓰고 올 걸 그랬어."

순희가 손등으로 땀을 훔치며 말했다.

'산딸기가 있어야 하는데, 없으면 어떡하지?'

이런 생각을 하니 갑자기 조바심이 났다.

'산딸기가 없으면 꽃다발이라도 꺾어주지 뭐.'

이렇게 마음을 먹으니 조바심도 사라졌다.

200여 미터쯤 사뭇 올라가니 산딸기나무가 나타났다. 그런데 누가 따 먹었는지 대부분 빈 가지였다.

"규종이가 그때 다 따 먹었나 봐. 아직도 많이 있을 거라고 했는데….'

"사람이 안 따 먹으면 새들이 따 먹을 수도 있어. 주인도 없는데 먼저 따 먹는 게 임자지 뭐."

내가 겸연쩍어하자 순희가 나를 위로해 주었다. 나는 나를 감싸주는 순희의 마음이 더 예뻐 보였다.

한참을 더 올라가니 저만큼 가시덩굴 사이로 산딸기가 다닥다닥 붙어 있는 게 보였다.

"야, 산딸기다."

나는 산딸기가 있는 덤불 속으로 접근해갔다.

"정기야, 조심해. 가시에 찔리면 안 돼. 뱀도 있나 살펴보고."

"알았어. 걱정 마. 넌 오지 말고 거기서 기다려."

나는 내 걱정을 해 주는 순희가 꼭 누나처럼 느껴졌다. 그래서 누이동생을 대하듯 말했다.

나는 제일 큰 칡잎을 따서 산딸기를 담았다. 몇 개를 따 먹어보았더니 달콤하니 맛이 좋았다. 금세 칡잎으로 산딸기 두 쌈지를 만들 수 있었다. 양손에 딸기 쌈지를 들고 나오던 나는 하마터면 소리를 지를 뻔했다.

"뱀이다, 꽃뱀!"

나는 나도 모르게 소리쳤다.

울긋불긋 기다란 뱀이 스르르 미끄러지듯 사라지고 있었다.

"엄마야, 무서워!"

순희도 놀랐는지 기겁을 하며 털썩 주저앉았다.

나는 내가 놀라 소리를 지른 것을 후회했다.

"순희야, 걱정 마. 뱀이 사라졌어. 안심해."

나는 칡잎에 싼 산딸기 쌈지를 하나 내밀었다.

"싫어. 난 이 세상에서 뱀이 제일 무서워. 입맛이 싹 달아났어."

순희는 눈물까지 글썽이며 울먹이며 말했다.

"나, 빨리 집에 가고 싶어. 엄마야."

순희는 목소리까지 떨리고 있었다.

"순희야, 괜찮아. 뱀이 나타나면 내가 너를 지켜줄게. 어서 산딸기나 먹어봐."

"정말이지? 그럼 튼튼한 막대기를 하나 준비하고 있어."

"알았어. 그렇게 할게."

나는 힘들게 개암나무 가지를 하나 꺾어 들었다. 낭창낭창한 나뭇가지를 손에 쥐니 든든한 마음이 들었다.

내가 앞장서고, 순희가 내 뒤를 바짝 따랐다.

내려오는 길에 잡초가 우거진 묵정밭이 보였다. 강아

지풀과 억새가 수북이 자라고, 칡넝쿨이 엉켜 있었다. 엉 겅퀴와 방동사니도 드문드문 보였다.

"순희야, 저 묵정밭 보이지. 누가 농사를 짓다 그만두 었나 봐. 내가 저 밭을 개간하여 농사를 한번 지어볼 까?"

"너 혼자 어떻게? 여간 힘들지 않을 텐데."

"니가 도와주면 더 좋고 안 되면 나 혼자라도 할 테 야."

순희는 선뜻 대답을 못 하고 뜨악한 표정을 지었다.

"무슨 농사를 지을 생각인데…."

"글쎄 콩이나 메밀 같은 농사를 짓고 싶어. 콩으로는 메주를 만들 수 있고, 메밀로는 묵을 만들 수 있잖아."

"어른들도 농사짓기가 힘들어 포기했을 텐데, 잘 할 수 있겠어?"

순희는 그만두기를 바라는 표정으로 나를 보았다.

"한번 해볼 거야. 그룬트비가 덴마크의 황무지를 기름 진 땅으로 개척했듯이 나도 한번 해볼거야."

내 말을 들은 순희는 눈을 크게 떴다.

"그룬트비라고? 책에서 읽었나 보구나. 넌 책을 좋아 하니까!"

"그래. 덴마크를 부강하게 만들어 나라의 아버지로 존경받는 분이야."

"그런데 난 힘들 것 같아. 우리집에서 알면 야단맞을 게 뻔해."

"알았어. 그럼 나 혼자 할 테니까, 아무한테도 말하지 마."

"내가 함께 못하는 대신 메밀 씨앗은 줄게. 우리집 곳간에 많거든."

"고마워. 메밀은 하얀 꽃도 엄청 많이 핀대."

나는 이튿날부터 학교가 끝나면 바로 그곳 싸릿골로 갔다. 작은 지게에는 낫과 호미, 괭이가 실려 있었다.

먼저 낫으로 칡덩굴과 풀을 베어냈다. 작은 풀뿌리는 호미로 캐고, 커다란 풀뿌리는 괭이로 캤다. 사흘 오후동안 열심히 일을 하니 잡초들이 다 사라지고 교실 반절 크기의 밭꼴이 드러났다. 그러느라고 내 손은 물집이 생겨 쓰리고 아팠다.

"정기 너 왜 손바닥이 그러냐?"

부르튼 내 손을 본 어머니가 걱정스럽게 물었다.

"조그만 밭을 만들어 메밀을 심어보려고요."

"아서라. 그만둬. 메밀 농사지어서 메밀묵이라도 해 먹으려고?"

"그럼요. 한번 해보고 싶어요. 아버지가 묵을 좋아하시잖아요."

"니가 힘든 농사를 어떻게 지어? 정기야 제발 공부나 열심히 해."

어머니는 대놓고 반대를 하셨다. 나는 더 이상 걱정을 끼치고 싶지 않아서 알았다고 대답을 했다.

다음날은 일요일이었다. 어머니는 아침 일찍부터 밭일을 가셨다. 나는 순희가 준 메밀 씨앗 봉지를 들고 싸릿골 뙈기밭으로 갔다.

그런데 뙈기밭은 크기가 교실 한 칸 정도로 더 넓혀져 있었다.

'원래 밭주인이 나타나서 밭을 넓힌 건가?'

이런 생각이 들자 마음이 많이 불편해졌다.

나는 괭이로 두덕을 넓게 만들고 고랑도 만들었다. 이윽고 잘 고른 두덕에 메밀 씨를 뿌리고, 고랑의 흙으로 덮었다.

그 일을 하는 동안 어느덧 해가 저물고 있었다. 나는 배고픔을 참으며 집으로 돌아왔다.

이튿날 오후 물뿌리개를 가지고 메밀밭으로 갔다.

밭을 둘러본 나는 깜짝 놀랐다. 누가 물을 뿌려주었는지 흙이 젖어 있었다.

'간밤에 소나기라도 왔었나?'

그건 아닌 것 같았다. 비가 왔다면 다른 땅도 젖어 있어야 하는데, 그렇지 않았다.

'그렇다면, 원래 밭임자가 와서 물을 주고 갔나?'

이런 생각이 들자 온몸의 힘이 빠졌다. 며칠 동안 땀 흘리며 고생한 보람이 물거품이 되었기 때문이다.

일주일이 지날 무렵 나는 밭에 싹이 났는지 궁금해서 메밀밭에 가보았다. 그런데 메밀밭이 파랗게 변해 있었다. 봄에 돋아나는 새싹처럼 파란 싹들이 예쁘게 자라고 있었다.

나는 가끔씩 물뿌리개를 가지고 메밀밭으로 달려갔다. 근처 실개울에서 물을 담아다 골고루 뿌려주었다. 메밀은 쑥쑥 잘 자랐다. 9월 중순쯤 되자 하얀 꽃을 피웠다. 발그레한 줄기 끝에 하얀 꽃이 가득 피자 메밀밭은 마치 살아있는 그림 같았다.

오랫동안 비가 오지 않아 가뭄이 계속되었다. 나는 해질 무렵 물뿌리개를 들고 메밀밭으로 갔다. 그런데 메밀꽃이 물기에 젖어 있었다.

'이곳에만 또 소나기가 쏟아졌나? 지난번에도 이곳 밭에만 물기에 젖어 있었는데….'

내가 이런 생각에 젖어있을 때 실개울 쪽에서 구시렁구시렁하는 사람 소리가 났다.

'밭 주인이 나타났을까?'

나는 조바심 어린 눈으로 소리 나는 쪽을 보았다. 허연 머리카락이 아무렇게나 헝클어진 아저씨의 뒷모습이 보였다.

'산도 아저씨일까?'

"산도 아저씨!"

그러자 실개울 위로 우거진 찔레 덤불이 출렁거리더니 말소리가 들렸다.

"메밀 농사가 아주 잘되었어. 메밀묵 만들면 나도 한 사발 줘야 돼. 나도 아버지처럼 묵을 무척 좋아하거든."

"물론이죠. 당연히 드려야지요."

나는 큰 소리로 대답하고 실개울 쪽으로 달려갔으나 아저씨의 모습은 온데간데없었다. 생각보다 빨리 날이 저물어 서둘러 집으로 돌아왔다.

보름쯤 지난 뒤, 나는 어머니와 함께 뙈기밭에 가서 메밀을 베어왔다. 어머니는 머리에 이고, 나는 지게에 지고 두 번씩이나 메밀다발을 옮겼다.

"가을 가뭄이 심했는데, 어떻게 이렇게 메밀 농사를 잘 지었지?"

나는 어머니의 칭찬을 듣고 기분이 좋았다. 산도 아저씨 이야기를 꺼낼까 생각하다 입을 다물었다. 어머니는 내 말을 믿지 않을 테니까.

가을산의 도깨비

아버지는 산도 아저씨 말대로 묵을 좋아했다. 메밀묵
도 좋아했지만 쌉싸르한 도토리묵을 더 좋아했다.

"먹걸리 안주로는 묵이 제일이지. 양념장에 찍어 먹는
묵맛은 고기보다 맛이 있어."

나는 언젠가 아버지가 외삼촌과 술을 마시며 했던 말
을 떠올렸다.

"요즘 아버지가 입맛을 잃어 통 밥을 드시지 않아 걱
정이구나. 메밀은 아직 탈곡도 안 했는데, 메밀묵을
쑬 수도 없고."

"어머니, 도토리묵 만들게 도토리 주워올까요?"

"도토리가 있다고 금세 묵을 할 수는 없어."

"어떻게 만드는데요?"

"도토리를 2~3일 동안 물에 담가 떫은맛을 우려내고 껍질을 벗긴 후 가루를 만들어야 해. 가루를 물에 담가 가라앉은 앙금을 모아 도토리가루를 만들어야지."

나는 도토리묵을 만드는 게 그리 녹록지 않다는 걸 어렴풋이 깨달았다. 그래도 우선 재료가 되는 도토리를 주워 모아야겠다고 생각했다.

추석이 지나자 밤송이들이 벌어져 아람을 드러냈다.

토요일 오후 점심을 먹자마자 나는 도토리골로 갔다. 도토리골은 이름 그대로 도토리가 열리는 참나무들이 많았다. 떡갈나무가 가장 많고, 굴참나무와 갈참나무 그리고 신갈나무도 더러 있었다.

바람이 불면 도토리들이 후두둑 후두둑 떨어져 내렸다.

나는 준비해간 베자루에 도토리를 주워 담았다.

이따금씩 갈색 다람쥐가 바위를 타고 넘는 모습도 보이고, 까만 청설모가 나무를 타는 모습도 보였다. 그들은 내가 도토리를 훔쳐가는 것으로 알고 나를 경계하는 것 같았다.

"이 녀석들아 미안해. 산에 있다고 다 너희들 것이 아니야. 함께 나누어 먹어야 착하지."

녀석들은 내 말을 알아들었는지 더 이상 눈앞에 나타나지 않았다.

나는 벌레가 먹지 않은 튼실한 도토리들을 골라 주워 담았다. 허리가 아픈 것도 참고 주웠더니 자루가 금세 묵직해졌다.

'한술 밥에 배부르랴는 말이 있지? 오늘은 그만 가야지.'

나는 자루를 둘러메고 콧노래를 부르며 집으로 갔다.

빈 항아리에 도토리를 담았다. 약간 금이 가서 평소에 쓰지 않는 항아리였다. 마치 저금통에 동전을 넣는 것처럼 기분이 좋았다.

나는 다음날도 그 이튿날도 도토리를 주우러 갔다. 내가 도토리 줍기에 신이 난 것은 어느 곳에 가면 도토리가 많이씩 쌓여 있기 때문이었다.

'혹시 다람쥐들이 모아놓은 것일까? 아니야. 다람쥐들이 모은 것 같으면 제 굴속으로 가져갔겠지.'

도토리들은 넓은 바위같이 눈에 잘 띄는 곳에 많이 있었다. 그것도 토실토실 대추처럼 커다란 도토리들이었다.

그렇게 커다란 도토리기 때문에 간장 단지로 썼던 항아리를 가득 채우는 데에는 일주일도 걸리지 않았다.

나는 도토리를 더 모으고 싶은 욕심이 생겼다. 그래서 며칠 있다 다시 도토리골에 갔다.

그런데 그 많던 도토리는 가뭄에 콩 나듯 보였다.

'며칠 전까지만 해도 그렇게 많았던 도토리들이 다 어디로 갔지?'

내가 이런 생각을 하며 가랑잎이 푹신하게 깔린 참나무 숲을 쏘다닐 때 산도 아저씨가 비틀거리며 나타났다.

"정기야! 아버지 병에는 참나무에서 피어나는 버섯들이 좋단다. 구름처럼 생긴 이 운지버섯을 물에 끓여 마시면 건강에 좋아."

산도 아저씨는 구름 모양의 버섯을 한 움큼 내게 내밀었다. 까만 바탕에 황갈색 고리 무늬가 있는 버섯이었는데 귀를 닮은 모양이었다.

"산도 아저씨! 혹시 도토리 아저씨가 모아 놓은 거였
어요?"

"난 잘 모르는 일인데….."

나는 산도 아저씨가 말끝을 흐리는 것을 보고 거짓말
을 하고 있다는 걸 알았다.

"그런데 운지버섯은 어디서 구했어요? 혹시 하늘에서…."

"난 하늘 일은 모른다. 참나무 숲을 쏘다니다 보면 운 좋게 운지를 만날 수 있어."

산도 아저씨는 기분이 좋아 보였다.

"운이 좋은 사람의 눈에 띄어서 운지버섯인가, 아니면 구름처럼 생겨서 운지버섯인가?"

"둘 다 해당된다고 생각해. 구름처럼 생겨 운지라는 이름이 붙었지. 내가 따주었다는 말은 아무한테도 하지 말아라."

산도 아저씨는 이런 말을 남기고 후적후적 멀어져갔다.

'산도 아저씨는 왜 나한테 오래 머물지 않고 자꾸 바람처럼 멀어져갈까?'

나는 이런 생각을 하며 도토리 대신 운지버섯을 가지고 집으로 돌아왔다.

어머니는 내가 가져온 버섯을 보고 그다지 좋아하지 않았다. 먹지 못하는 버섯이라고 생각한 것 같았다.

"어머니, 이 버섯 물에 끓여 마시면 몸에 좋대요. 아버지한테 끓여드리면 좋겠어요."

"독버섯인지도 모르는데 왜 함부로 따왔어."

어머니는 여전히 마뜩치 않은 표정이었다.

"이 버섯 이름이 운지버섯이래요. 구름처럼 생겼잖

아요."

"나는 영지버섯이란 이름은 들어보았지만 운지버섯은
처음 들어본다. 영지버섯은 불로초라고도 할 만큼 몸
에 좋다고 하더라."

"영지버섯이 불로초라고요? 그럼 옛날 중국의 진시황
이 영지버섯을 구해오라고 신하들을 보냈나 보네요?"

"그럴지도 모르지. 아무튼 영지버섯은 십만 그루에 한
두 그루밖에 구할 수 없을 만큼 귀한 버섯이란다."

"십만 그루에 한두 그루라고요? 그런데 어떤 나무에서
볼 수 있지요?"

"밤나무나 뽕나무, 매화나무 같은 곳에 붙어서 자란다
고 하더구나."

나는 어서 빨리 영지버섯을 구해 아버지 약을 해드리
고 싶었다. 그때부터 동네 밤나무와 마을에서 가까운 밭
의 뽕나무를 눈여겨보고 다니는 버릇이 생겼다.

그런데 영지는 그림자도 구경할 수 없었다.

'십만 그루를 찾아다니다 보면 한 개쯤은 눈에 띌 수도
있겠지.'

나는 이런 생각으로 틈만 나면 나무들을 살피고 다녔다.

그러던 어느 날 아침 어머니 목소리에 눈을 떴다.

"정기야! 이거 영지버섯 같은데, 니가 따가지고 왔냐?"

나는 방문을 열고 밖으로 나왔다. 담장 위의 마른 호박잎 위에는 서리가 하얗게 내려 있었다.

어머니는 내 손바닥만 한 크기의 적갈색 버섯 대여섯 개를 만지작거리고 있었다.

"전 모르는 일인데⋯."

"그럼 누가 이 귀한 버섯을 갖다 놓았지?"

어머니는 걸레로 마루를 닦으며 고개를 갸웃거렸다.

'이번에도 산도 아저씨일 거야. 산도 아저씨 말고는 누가 이 귀한 버섯을 따올 수 있겠어.'

하지만 나는 이런 말을 입 밖으로 내지는 않았다.

산도 아저씨와의 약속을 지키기 위해서였다.

"이거 영지버섯이 틀림없어. 나중에 한약방 할아버지에게 물어봐야지."

어머니는 영지를 대나무 소쿠리에 담아 부엌 선반에 올려놓았다.

　며칠 후 어머니는 영지버섯이 틀림없다며, 버섯물을 끓여 아버지한테 드렸다.

　"차라리 소주에다 담궈 가지고 오지 그랬어."

　아버지는 술을 워낙 좋아해서인지 영지물을 마시면서도 달가워하지 않았다.

　"영지 삶은 물이 특히 간에 좋다니 많이 마셔요. 술은 좀 줄이시구요."

　"어휴, 내 건강은 내가 알아서 챙길 테니까, 잔소리는 좀 그만해."

　아버지는 역정을 내며 어머니를 곱지 않은 눈길로 바라보았다.

겨울산의 도깨비

그 무렵 우리 마을은 면 소재지인데도 전기가 들어오지 않았다. 가난했던 시절이라서 라디오가 있는 집도 드물었다. 우리집엔 라디오가 있었다.

내가 초등학교에 입학하기 전에 아버지가 라디오를 사왔다. 라디오를 산 뒤부터 우리집 문간방은 동네 사랑방으로 변했다. 마을 사람들이 연속 방송극을 듣기 위해 밤마다 우리집으로 몰려들었다. 해가 가면서 라디오를 가진 집이 점차 늘어나 그런 진풍경은 이내 사라지고 말았다.

아버지는 몸이 불편했기 때문에 일꾼을 사서 농사일을 해야 했다. 밭갈이, 논갈이는 물론, 풀을 벨 때에도 거름을 논밭에 낼 때에도 일일이 남의 손을 빌려야 했다.

땔감으로 쓰는 나무도 사서 써야 했다. 나는 4학년 겨울방학이 되면서 내 몸집에 맞는 지게를 마련해 달라고 졸랐다. 겨울방학 동안 땔감으로 쓸 나무를 해오기 위해서였다.

"지게질이 생각보다 힘들 텐데, 할 수 있겠냐?"

"아버지, 전 기운이 세잖아요. 지게만 맞춰 주시면 땔나무는 제가 책임지겠어요."

아버지는 이웃에 사는 아저씨에게 부탁하여 작은 지게 하나를 만들어 왔다.

나는 겨울방학 동안 마을 앞산을 누비며 나무하는 재미로 날을 보냈다. 마른 나무를 베어다 장작을 만들어 쌓아 가는 재미는 무엇에도 비길 수가 없었다. 장작더미가 높이 쌓아질수록 기쁨도 탑처럼 높아만 갔다.

나는 지게에 소쿠리를 얹어가지고 다니며 고자배기라고 불리는 나뭇등걸을 뽑아 날랐다. 소쿠리에는 언제나 톱과 도끼를 얹어가지고 다녔다. 톱으로는 죽은 나무를 베고, 도끼 뒷머리로는 고자배기를 때려 뽑기 위해서였다.

　겨울산을 누비며 나무를 한 짐 해서 지고 내려오면 추
운 줄도 몰랐다. 하지만 손등은 언제나 터서 거칠었고 몸
은 늘 고단하였다.

　"우리 정기가 일꾼 한몫을 톡톡히 하는구나."

　아버지는 나에게 면장갑을 사다 주며 나무하러 갈 때
마다 끼고 다니라고 일렀다.

　어머니도 가끔씩 함께 다니며 땔감을 모아 머리에 이

고 날랐다. 어머니가 해 나르는 땔감은 삭정이나 마른 솔
잎 같은 쏘시개용이었다.

　나는 어머니가 산에 가는 것이 싫었다.

　"어머니. 제가 어머니 몫까지 해올 테니까, 어머니는
집에서 쉬세요."

　"정기 니가 해온 나무로 불을 때면 마음이 편하지 않
아서 그런다."

"어머니가 함께 가시면 제 마음은 더 불편해요. 어머니는 집에서 할 일도 많으시잖아요. 어머니가 따라오시겠다면 저도 나무하러 가지 않겠어요."

어머니는 결국 내 고집을 꺾지 못했다.

5학년 겨울방학 때였다.

또래 아이들은 논밭에서 썰매를 타거나 학교 운동장에서 자치기 놀이를 하고 있을 때, 나는 지게를 지고 산으로 갔다. 양달에는 눈이 없었으나 응달에는 눈이 쌓여 있는 추운 날씨였다.

양지바른 머릇골로 갔다. 머릇골은 집에서 좀 멀긴 했지만, 베어진 나무 등걸이 많아서 고자배기가 많은 곳이었다.

그런데 좀처럼 눈에 띄는 고자배기가 없었다. 이미 누가 다녀간 모양이었다.

나는 주변을 쏘다니다가 지게를 받쳐 둔 곳까지 터벅터벅 걸어왔다. 누군가가 생나무를 베어 간 흔적들이 내 눈 속에 파고들었다.

"정기야. 나무가 없으면 그냥 오는 한이 있더라도 생

나무는 절대로 베지 마라.”

아버지의 말씀이 나무 그루터기에서 맴돌고 있었다.

나는 다른 곳으로 자리를 옮길 생각으로 지게를 지고 일어났다. 그런데 가벼워야 할 지게가 묵직했다. 소쿠리에는 톱과 도끼밖에 없을 텐데 마치 나무를 한짐 가득 지고 일어나는 것처럼 무거웠다.

‘누가 내 지게를 붙잡고 장난을 치고 있구나.’

나는 지게에서 빠져나와 둘레를 살펴보았다. 텅 비어 있어야 할 소쿠리에 고자배기가 수북이 쌓여 있었다. 너무 놀라 나자빠질 뻔했다.

‘지난여름에 만났던 그 도깨비짓일 거야.’

나는 근처를 눈여겨 살폈으나 도깨비의 그림자조차 찾을 수가 없었다.

더 해괴한 일이 내 눈을 휘둥그렇게 만들었다. 소쿠리의 고자배기 위에 알 굵은 칡뿌리가 얹혀 있는 것이었다.

갈증과 함께 솟구치는 호기심이 입맛을 당기게 만들었다. 한쪽을 찢어 입에 넣고 잘근잘근 씹어 보았다. 차지면서도 달착지근한 칡물이 목구멍으로 스며들었다. 갈증

이 잠 깨듯 없어지고 나른했던 몸에도 금세 새로운 힘이
솟았다.

그날은 다른 때보다 더 많은 고자배기를 지고 왔는데
도 한 번도 쉬지 않고 집까지 올 수 있었다.

그 수수께끼 같은 일은 그 다음날에도 똑같은 곳에서
일어났다.

사흘째 되는 날, 그 비밀을 풀고야 말겠다는 결심으로
집을 나섰다. 그래서 일부러 소쿠리도 얹지 않고 빈 지게
만 지고 머룻골로 갔다.

같은 장소에 지게를 내려놓은 다음 도끼를 들고 죽은
나무를 찾으러 산을 쏘다녔다. 그런데 죽은 나무는커녕
고자배기 하나 눈에 들어오는 게 없었다.

내가 부산히 돌아왔을 때 지게에는 마른 장목이 한짐
가득 올려 있었다. 나는 버려진 아이처럼 소리쳤다.

"절 도와주는 분이 도대체 누구세요? 혹시 산도 아저
씨 아니세요? 산도 아저씨, 어디 계세요. 전 아저씨를
꼭 만나고 싶단 말이에요."

내 목소리는 머룻골 가득 메아리로 떠돌았다. 바스락

거리던 가랑잎이 바람에 흩어져 날렸다. 마른 억새 잎들이 누웠다 일어서며 서걱거렸다. 명감나무 덤불도 너풀거렸다.

너풀거리던 명감나무 덤불 뒤에서 쑥대머리인 남자가 모습을 드러냈다. 산도였다. 깜짝 반가움에 그의 발치로 달려갔다.

"제 짐작이 맞았군요. 왜 처음부터 모습을 드러내지 않으셨어요?"

이상하게도 오랜만에 친척을 만난 듯 스스럼이 없었다.

내 얼굴이 양달이라면 도깨비는 응달 같은 얼굴이었다.

"받는 사람 몰래 도와준다는 것이 얼마나 기쁜 일인지 짐작이나 하냐? 난 널 그렇게 돕고 싶었는데, 너는 나에게서 그 기쁨을 빼앗아 갔어."

"아저씨, 죄송해요. 하지만 확실한 정체를 알고 싶었어요. 나를 도와주시는 분을 찾아서 고맙다는 인사라도 드리고 싶었어요."

"상대가 나라는 것을 짐작했다면서 굳이 왜 만나려 했
냐. 그냥 마음속으로만 느끼며 그리운 마음으로 살아
가는 것도 좋을 텐데."

"모르는 누군가가 나를 도와준다는 것은 힘이 될 수
있어요. 하지만 한편으로는 부담스러울 수도 있지요."

"그래, 사람들은 확실한 것을 좋아하지. 눈에 보이지
않는 것은 좀처럼 믿으려 들지 않는단다. 감춰진 것일
수록 속 시원히 파헤쳐 알려고들 애쓰지. 그런 점은 너
에게 있어서도 예외는 아니구나."

"누군가에게 도움을 받는다면, 그분을 알아내어 고마
움을 나타내는 것이 도리가 아니겠어요?"

"그것은 격식이라는 올무일 수도 있어. 사람들은 격식
을 많이 따지지. 격식은 자유를 얽어매는 올무일 뿐이
야. 중요한 것은 마음이란다. 내가 바람을 좋아하는
것도 자유를 사랑하기 때문이지. 넌 나에게서 자꾸만
멀어지려 하고 있어. 그런 너 때문에 이제 다시 만나기
가 힘들 것 같구나."

도깨비의 눈빛이 슬픔에 젖은 채 일렁였다. 도깨비는

쑥대머리를 날리며 휘적휘적 산마루 쪽으로 거슬러 올랐
다.

"언젠가 한 번쯤은 다시 만날 수도 있을 게야."

낙엽송밭으로 이어지는 산마루턱에서 도깨비가 손을
흔들며 소리쳤다.

"산도 아저씨 잘 가세요."

찬바람이 뜨거워진 내 눈시울을 식혀 주었다. 빈 하늘
에 눈이 시렸다.

'산도 아저씨는 바람이었어. 한곳에 머물 수 없는 바
람. 볼 수는 없어도 느낄 수 있는 그런 바람.'

나는 이런 생각을 하며 지게를 보았다. 지게에 올려 있
던 마른 장목은 온데간데없었다.

"산도 아저씨는 장난꾸러기야."

그날 이후 나는 머릿골에는 얼씬도 하지 않았다.

키다리 아저씨

이듬해 3월 초, 나는 열세 살 나이에 어린 상주가 되어
야 했다. 내가 6학년이 된 지 보름쯤 지났을 때, 아버지
가 돌아가신 것이다. 외할머니의 돌탑 같았던 정성과 어
머니의 극진했던 병수발도 눈물과 한숨 섞인 거품이 되
고 말았다.

마을 사람들이 옷소매를 걷어붙이고 달려와서 도와주
었다. 교장 선생님과 담임선생님도 찾아와 나를 위로해
주었다. 빈소에서 두 분 선생님과 맞절을 하면서 비로소
아버지를 여읜 슬픔에 목을 놓았다.

"정기야. 너는 우리 학교의 얼굴이니 더욱 굳센 사람
이 되어야 한다. 산에서 자라는 덩굴나무 중에 인동초
라는 것이 있지. 금은화라는 꽃을 피우는 인동초는 겨

울이 추울수록 더 향기로운 꽃을 피우는 법이야. 내가 말하려는 뜻을 알 수 있겠지?"

교장 선생님의 따뜻한 목소리가 내 눈물을 멎게 했다. 담임선생님도 뜨거운 손으로 내 손을 굳게 잡아 주었다.

"정기, 너는 향기 높은 금은화를 피울 수 있는 인동초 임에 틀림없다고 나는 믿는다."

교장 선생님이 들려준 인동초 이야기는 나에게 도깨비의 신통력보다도 더 큰 힘을 주었다.

마을 어귀 다리목에서 벌인 노제에서 나는 내가 평생 나누어 흘려야 할 눈물을 한꺼번에 몽땅 쏟아버렸다.

'이젠 결코 눈물을 흘리지 않으리라.'

나는 마음속에 인동초 한 그루를 심어 놓았다.

며칠 후 학교에서 전교 회장 선거가 있었다. 4학년 이상 전교생을 운동장에 모아 놓고 후보들의 출마 소감을 들었다.

나는 전교 회장 선거에 나갔다. 회장에 당선되면 하늘 나라에 계신 아버지가 기뻐할 것 같아서였다.

회장 선거에는 모두 세 명이 나왔다. 민석이와 영준이

도 회장 선거에 나왔다.

민석이네 아버지는 학교 기성회장이었다. 기성회장은 나중에 육성회장으로 이름이 바뀌었다. 오늘날로 말하면 학교운영위원장과 비슷한 자리인 셈이다.

민석이가 처음 조회대 위에 올라갔다.

"저를 전교 회장으로 뽑아주면, 어어 우리 면에서 가장 좋은 학교를 만들겠습니다. … 어 그리고 … 열심히 하겠습니다."

민석이는 제대로 말을 하지 못하고, 우물쭈물하며 더듬거리다 내려왔다.

여기저기서 쿡쿡 웃는 아이들이 늘어갔다.

다음에는 영준이 차례였다. 영준이는 나보다 시험 성적은 떨어졌지만, 키도 크고 얼굴도 잘생겼다. 그래서 그를 좋아하는 여자아이들이 많았다.

"여러분! 제가 회장이 되면 뭉친 정기 온누리에 주춧돌을 놓아 우리 모두 내일의 기둥이 되도록 하겠습니다. 여러분! 저를 뽑아 주세요."

영준이는 교가의 가사를 그대로 옮겨 말했다. 목소리

가 작은 것도 흠이었다.

다음은 내 차례였다. 나는 차례가 점점 가까워질수록 가슴이 콩닥거리고 목이 타들어 갔다.

'나는 잘 할 수 있어. 잘 할 수 있다.'

호주머니에 들어 있던 호두알 두 개를 꼭 움켜쥐며, 스스로 마음을 다졌다.

"다음은 박정기 군의 소감을 들어보겠습니다."

교무 선생님의 소개가 끝나자 나는 천천히 조회대 위로 올라가 학생들을 한번 둘러보았다. 그리고는 고개를 숙여 인사를 하였다. 수많은 아이들의 눈들이 한꺼번에 나에게 쏠렸다. 나는 숨을 크게 쉬고 침착해지려고 했으나 은근히 긴장이 되었다.

"여러분! 저는 여러분들이 즐거운 학교생활을 할 수 있도록 최선을 다해 열심히 돕겠습니다. 전교에서 가장 먼저 학교에 등교하여 학교를 한 바퀴 둘러보겠습니다. 학교가 밤새 잘 있었는지, 학교가 불편한 점이 없는지 돌보겠습니다. 우리 학교 모든 학생들이 고운 말을 쓰도록 앞장서겠습니다. 또한 쓰레기가 없는 학

교를 만들어 깨끗한 학교가 되도록 하겠습니다."

내가 생각해도 잘했다는 느낌이 들었을 때 박수 소리가 요란하게 터져 나왔다.

그날 선거에서 나는 영준이를 많은 표 차이로 누르고 회장에 당선되었다.

"정기야, 축하한다. 넌 멋진 회장이 될 거야."

담임선생님은 악수를 청하며 내 머리를 쓰다듬어주었다.

'모범생이 되어야 해. 선생님을 실망시켜드려서는 안 돼.'

나는 이렇게 다짐했다.

이튿날부터 나는 전교에서 가장 일찍 등교하는 학생이 되었다.

"정기 너 왜 이렇게 일찍 와. 아, 어린이회장이 되어서 약속을 지키려고 그러는구나. 그런데 아침밥은 먹고 온 거여?"

학교 일을 도와주는 신 씨 아저씨가 내 어깨를 감싸주며 말했다. 신 씨 아저씨는 아버지와 친한 친구였다.

나는 나를 격려해 주는 신 씨 아저씨가 고마웠다.

교실에 들어가 책상에 앉아 열심히 공부를 했다. 국어 책에 나오는 시와 시조를 열심히 외웠다.

지당에 비 뿌리고 양류에 내 끼인 제

사공은 어디 가고 빈 배만 매었는고

석양에 짝 잃은 갈매기만 오락가락하더라

"정기가 시조를 아주 맛깔나게 읊는구나. 임진왜란 때 금산에서 의병을 이끌고 싸우다 칠백 명의 군사들과 함께 전사한 조헌 장군이 쓴 시조야. 금산에 가면 칠백 의총이 있지. 이 시조는 비 오는 날의 한가로운 풍경을 노래한 시조란다."

기척도 없이 나타난 선생님의 목소리에 나는 깜짝 놀랐다.

"아, 선생님! 안녕하세요? 시조가 참 평화롭게 느껴지네요. 그런데 양류에 내 끼인 제 뜻이 뭐지요?"

"못에 비가 뿌리고 수양버들에는 안개가 끼어 있는데,

이런 뜻이란다."

"예, 둘째 줄과 셋째 줄은 어렵지 않아서 알 수 있어
요."

"그래 시조에서 첫행은 초장, 둘째 행은 중장, 셋째 행
은 종장이라고 한단다."

"알겠습니다. 선생님!"

나는 그 뒤로도 사회 책을 펴놓고 열심히 외었다. 중학
교에 가려면 입학시험을 보아 합격해야 갈 수 있었다.

"시험 문제는 교과서에서 그대로 나온다. 그러니 무조
건 책을 달달 외워야 해. 음악책에 나오는 노래의 계이
름과 음표까지도 다 외워야 해. 알겠지?"

나는 틈만 나면 교과서의 내용을 외웠다. 선생님은 날
마다 시험지를 나누어 주고 시험을 보았다. 그때마다 나
는 거의 백 점을 맞았다.

선생님은 시험 점수가 낮은 아이들은 매로 종아리를
때렸다. 나는 한 번도 매를 맞은 일이 없는데 민석이는
자주 맞았다. 민석이와 친한 기철이와 종만이도 맞을 때
가 많았다.

사회 시험을 보고 종아리 다섯 대를 맞은 민석이가 나를 못마땅한 눈으로 노려보았다.

"야, 나를 비웃어?"

"내가 언제 너를 비웃었다고?"

"방금 웃는 걸 내 눈으로 똑똑히 봤어. 오늘 학교 끝나고 뒷동산으로 와."

나는 어이가 없었다. 은근히 짜증도 실려 왔다.

"왜? 내가 왜 니 말을 들어야 하는데."

나는 냉정하게 말했다.

"내가 맞는 게 그리 고소하냐? 안 오면 내가 무서워서 안 오는 걸로 생각할게."

"너한테 내가 왜 겁을 먹겠냐? 한 번 겨뤄보자는 말 같은데, 내가 피할 까닭이 없지. 좋아."

그날 내가 뒷동산으로 향하자 민석이는 종만이와 기철이를 데리고 나를 따라왔다. 얼마 후 나를 앞서더니 뒷동산 기슭에 있는 묘 앞에 이르러 발을 멈췄다.

"너, 공부 좀 잘한다고 우리를 무시하냐?"

민석이가 대뜸 인상을 쓰며 시비를 걸었다.

"그런 억지소리 하지 마. 내가 언제 무시를 했다고?"

내가 목소리를 높이자 종만이와 기철이가 끼어들었다.

"우리가 맞는 게 그리 기분이 좋냐? 위로해 주지는 못할망정 좋다고 웃어? 이 나쁜 놈아!"

몸집이 좋고 힘이 센 종만이가 내 멱살을 움켜잡았다.

"이런 나쁜 자식은 그냥 둘 수 없어."

기철이도 뒤에서 나를 밀치며 넘어뜨렸다.

"비겁하게 둘이서 덤비기냐?"

나는 분하고 억울한 생각이 들어 소리를 질렀다.

종만이의 주먹이 내 얼굴로 마구 쏟아졌다. 나는 주먹을 피하며 종만이를 향해 주먹을 날렸다.

종만이의 코에서 피가 쏟아졌다. 붉은 핏방울이 내 얼굴로 떨어졌다.

기철이가 내 얼굴을 발로 밟았다. 민석이도 마구 발길질을 했다. 내 코가 매콤해지며 피가 흐르는 느낌이었다.

"야 이 자식들아, 한 명씩 덤벼!"

악에 받친 내 목소리가 메아리처럼 떠돌았다.

"야 이놈들! 뭐 하는 거야. 1대 1로 싸워야지, 비겁하지
않냐?"

어디선가 우렁우렁한 목소리가 들려왔다.

"얘들아, 가자."

민석이가 기철이와 종만이를 끌고 달아나기 시작했다.

"나쁜 자식들! 떼로 덤비는 게 어디 있어."

나는 울먹거리며 이를 악물었다.

먼발치에서 산도 아저씨가 소리쳤다.

"괜찮냐? 그래 정기 너는 아주 씩씩하니까 기죽지 않
을 거야."

산도 아저씨는 산막으로 난 오솔길로 성큼성큼 걷고
있었다.

"신 씨 아저씨 같기도 하고…."

나는 겨운 눈물 때문에 산도 아저씨인지 신 씨 아저씨
인지 구분을 못 했다. 어쨌든 든든한 도우미가 있다는 것
에 불끈 힘이 솟았다.

내 친구 기철이

칠월이 되자 날씨가 계속 가물었다. 한 달도 넘게 비가 내리지 않아 논바닥이 갈라지고 방죽까지 찰랑대던 저수지에도 물이 말라갔다. 그런데 얼마 후 바람이 세차게 불며 비가 많이 내렸다.

"어휴 작물이 다 타죽는 줄 걱정했더니, 장맛비가 와서 다행이네."

비가 오니, 어른 아이 할 것 없이 모두가 좋아했다.

비가 그치자 다시 날씨가 무더워졌다. 찌는 듯한 무더위라는 말이 실감났다. 미루나무와 느티나무에서는 매미들의 울음 소리가 쏟아져 내렸다. 나는 기철이와 느티나무 그늘에서 더위를 식혔다.

"기철이 너 여기 있었구나."

민석이가 살갑게 말했다.

"정기야, 날씨 엄청 덥지? 우리 멱 감으러 가자."

종만이가 이마의 땀을 손등으로 닦으며 말했다.

"어디로 가려고?"

"각시바우 저수지로 갈까? 그곳은 물이 깊어서 헤엄치

기 좋잖아."

"그런데 그곳은 좀 멀지 않냐?"

내가 말하자 기철이가 딴지를 걸었다.

"왜 겁이 나서 그러냐? 물이 깊어서."

"그건 아니고, 오며 가며 더울 것 같아서…. 좋아, 가자."

내가 찬성을 하자 아이들은 기다렸다는 듯이 앞장서서 솔고개를 향해 그림자를 끌고 갔다.

우리는 다락논이 있는 오솔길로 걸어갔다. 앞장 서 가던 기철이가 갑자기 외마디 비명을 질렀다.

"야 뱀이다. 꽃뱀이야."

알록달록한 꽃뱀 한 마리가 벼 포기 사이로 스르르 미끄러져 들어갔다.

"막대기 하나 찾아봐. 가다 또 뱀이 나타나면 단번에 때려잡게."

민석이가 논둑에 버려져 있던 대나무 가지 하나를 주워들었다.

"우리를 피해 달아나는 뱀을 굳이 죽일 필요가 있냐?"

내 말을 들은 민석이가 발끈했다.

"이브를 꼬셔서 선악과를 따먹게 한 놈이 뱀이라고 하잖아. 뱀은 사탄이니까 얼마든지 죽여도 괜찮아."

"난 생명이 있는 것을 함부로 죽여서는 안 된다고 생각해. 원수를 사랑하란 말도 있잖아. 뱀이 우리의 원수인지는 모르겠지만…."

난 민석이와 의견이 갈렸다. 그럴 때마다 아이들은 대부분 민석이 편을 들었다.

"그래. 뱀은 너무 징그럽게 생겼어. 그리고 약한 개구리를 잡아먹잖아. 그러니 보는 대로 죽여 없애야 해."

기철이가 눈썹을 씰룩거리며 말했다.

"그래. 뱀은 기분 나쁘게 생겼어. 닥치는 대로 죽여야
해."

'자식들, 자기들끼리 아주 죽이 척척 잘 맞네.'

나는 은근히 기분이 나빴다.

'괜히 따라 왔어. 난 멱 안 감을 거야.'

나는 저수지에 가지 않기로 마음먹었다.

아이들의 걸음은 빨라졌지만 나는 슬그머니 뒤로 빠졌
다.

'물도 더러울 텐데, 나 혼자 새청 냇가에 가서 멱을 감
아야지.'

난 굽이진 길에서 걸음을 멈췄다. 내가 나무 그늘에서
쉬고 있는 동안 아이들의 모습은 내 눈길에서 사라졌다.

나는 오던 길을 되돌아 다시 돌아갔다. 혼자 새청에 가
는 것도 내키지 않아 집으로 가서 책을 읽었다.

그런데 그날 기철이가 저수지에 빠져 하마터면 죽을
뻔했다는 소식이 들렸다.

그 말을 전해준 사람은 옆집에 사는 경숙이 엄마였다.

"기철이가 방죽에 빠져 허우적거리다가, 파곡 마을 이

장이 건져 주어 용케 살았단다. 파곡 이장이 아니었더라면 큰일 날 뻔했어. 정기 너는 안 가기 잘했다. 각시 바우 저수지엔 물귀신이 있다고 하던데."

그 말을 듣고 나는 소름이 돋았다. 해질 무렵에 민석이가 종만이를 앞세우고 우리 집으로 왔다.

"야, 정기야. 너 때문에 기철이가 죽을 뻔했어."

민석이의 말에 나는 어이가 없었다.

"왜 나 때문이야. 난 저수지에 가지도 않았는데."

"니가 따라오다 갑자기 안 보여서 우리가 얼마나 걱정한 줄 알아? 기철이가 니 걱정하다 마음이 뒤숭숭해서 허우적거린 거라구."

"야, 그런 억지가 어디 있냐? 헤엄을 제대로 못쳐 당황해서 그런 거겠지. 아무튼 죽지 않아서 천만다행이야."

"그래 천만다행이지. 만약 죽었더라면, 너도 책임을 져야 했어."

"야, 임마 너 이상한 소리 좀 하지 마. 저수지에 있지도 않은 내가 왜 책임을 진단 말이야?"

"온다간다 말도 없이 혼자 도망친 것은 비겁한 일 아니냐? 의리가 있어야지."

종만이가 민석이를 감싸고 돌았다.

"난 중간에 마음이 바뀌어 안 갔을 뿐이야. 가기 싫어서 안 갔는데 의리는 무슨 의리야? 헛소리하지 말고 썩 꺼져."

내가 발끈하자 민석이는 종만이의 팔을 끌었다.

"고생했다고 위로는 못할망정 헛소리한다고? 알았다. 나쁜 자식아, 꺼져 줄게."

민석이가 내 뒤통수에 대고 쏘아붙였다.

나는 과연 내가 잘못을 했는지 혼란스러웠다.

이튿날 기철이가 우리 집으로 찾아왔다.

"야, 기철이 너 어제 큰일 날 뻔했다며?"

나는 반가워서 기철이의 손을 덥석 잡았다.

"소문 들었구나. 민석이가 물속에서 나를 잡고 장난을 쳐서 그랬어. 너도 물에 들어갔으면 못살게 굴었을지도 몰라."

"뭐라고? 민석이가 물속에서 위험한 장난을 했다고?"

"그래. 내 다리를 잡고 놓아주지 않아 물을 먹는 바람에 당황해서 그랬단 말이야. 물을 먹으니 당황해서 정신이 하나도 없더라고."

기철이의 표정이 갑자기 굳어졌다. 생각만 해도 몸서리가 쳐진다는 표정이었다.

"정말 큰일 날 뻔했구나. 그런 위험한 장난을 해놓고는 나한테 책임을 돌리려 하다니. 나쁜 자식."

"너한테 책임을 돌리다니 무슨 말이야?"

"내가 중간에 도망치는 바람에 니가 생각이 혼란스러워서 물에 빠졌다는 거야."

"나쁜 놈 남에게 제 잘못을 뒤집어씌우다니. 이제 보니 아주 비겁한 놈이네. 앞으로 민석이와는 절대 안 놀아."

기철이의 말을 들으니 아팠던 곳이 나은 것처럼 마음이 맑아졌다.

나는 기철이의 손을 잡았다.

"이제부터 우리 친하게 지내자."

기철이가 내 손에 깍지를 끼어 흔들었다.

"그래. 나도 좋아. 친하게 지내자."

나는 아침에 삶은 감자를 꺼내다 기철이에게 내밀었다.

기철이는 배가 고팠는지 감자 두 개를 맛있게 먹었다.

"야, 너희 감자 아주 맛있구나. 감자는 역시 자주감자가 맛있어. 우리 집 감자는 모두 흰 감자인데."

"흰 감자든 자주감자든 배고플 때 먹으면 맛이 있고 배부를 때 먹으면 맛이 별로일 거야."

"그래, 정기 너는 역시 똑똑해. 판단력이 좋은 것 같아."

활짝 웃는 기철이의 모습이 귀여웠다. 기철이가 웃는 모습을 처음 본 것 같았다.

그날부터 기철이는 내 편이 되어 주고 나는 기철이와 친하게 지냈다.

인동초 이야기

꽃바람이 불자, 소중하게 간직했던 수박씨 다섯 개를 텃밭에 심었다. 지난여름에 도깨비가 주었던 수박씨였다.

씨앗은 싹이 텄고 덩굴이 뻗어 나갔다. 나는 북도 돋아 주고, 물과 거름도 주며 열심히 가꾸었다. 수박 덩굴은 암팡지게 뻗어 나가 첫여름 텃밭을 노란 꽃으로 물들였다.

탁구공만 하던 수박은 점점 커져 한 달쯤 뒤에는 축구공보다도 더 커졌다. 아버지의 생일이 되던 날 아침, 나는 첫물진 수박들을 땄다. 그날 학교에서 늦게까지 공부를 하고 집으로 돌아온 뒤 첫물로 딴 수박 한 통을 들고 아버지의 산소를 찾았다. 저녁놀이 지고 어둠 그림자가 스멀스멀 산자락을 탈 무렵이었다.

"아버지 오늘이 아버지 생신날이지요. 아버지께서 좋아하시던 수박을 가지고 왔습니다. 아버지께서는 지난 여름 수박씨에 얽힌 이야기를 믿지 않으셨지요. 하지만 그 수박씨가 싹을 틔워 이렇게 탐스런 수박을 거두게 된 거예요. 아버지 많이 잡수세요."

나는 엎드려 두 번 절을 하였다.

"수박 농사가 아주 잘되었구나. 정기야, 너는 무엇이든지 잘 해내는 솜씨를 가졌지."

그리 낯설지 않은 목소리가 나를 벌떡 일으켜 세웠다. 내가 네 번째 만나는 얼굴이 커다란 눈망울로 나를 보고 있었다.

"오랜만이에요, 아저씨!"

도깨비가 이젠 하나도 무섭지 않았다.

"그래, 아버지 없이 사느라고 고생이 많겠구나. 공부도 줄곧 일등을 한다는 것 알고 있다. 꾸준히 노력하면 일류 중학교에 합격할 수 있을 게야."

도깨비는 그 거친 손으로 내 머리를 쓰다듬어 주었다.

그 당시에는 중학교마다 시험을 봐서 입학생을 뽑았다. 그 때문에 6학년이 되면 언제나 해 질 무렵까지 학교 공부를 해야 했다. 집에 돌아와서도 늦은 밤까지 호롱불 밑에서 책과 씨름을 해야 했다.

"공부를 하다가 잘 안 될 때에는 아버지를 생각해라. 시험을 볼 때에도 언제나 돌아가신 아버지를 생각하렴. 그러면 아버지의 영혼이 너를 도와줄 테니까."

서쪽 하늘에 풀꽃 같은 초저녁별이 송이송이 돋아나고 있었다. 문득 지난해 여름 아버지와 함께 별을 헤던 생각이 났다.

"만약에 아버지가 먼 여행을 떠나더라도 굳세게 살아 갈 수 있지? 별은 멀리 있기 때문에 아름답게 보이는 거야. 저 별들 중에서 어느 하나가 나라고 생각하렴. 그러면 나는 별이 되어 언제까지나 너를 지켜볼 수 있을 테니까."

나는 그날 이후, 나의 별을 마음속에 정해 두고 있었다.

"아버지는 별이 되어 나를 지켜보고 계세요."

도깨비의 눈이 갑자기 별꽃이 피듯 환히 빛났다.

"중학은 도시로 나가 공부해. 집안 형편도 차츰 풀릴 테니까. 내가 해주고 싶은 말은 그것 뿐이야."

도깨비는 퍼런 불빛과 함께 공동묘지로 향하는 숲길로 사라졌다. 나는 너무 짧은 시간이어서 그저 멍하니 바라만 보았다.

나는 초저녁 어둠을 헤치며 아버지의 산소를 떠나 집으로 향했다.

이튿날 어머니와 함께 수박을 따서 집집마다 한 통씩 나누어 주었다. 아버지의 장례 때 눈물겹도록 도와준 마을 사람들에 대한 보답이었다.

수박은 마을 잔치를 하고도 남아, 반접도 넘게 시장에 내다 팔 수 있었다. 설탕처럼 달다는 소문 때문에 수박은 날개 돋친 듯 팔려나갔다.

어느 틈에 학교 운동장에는 가을이 와 있었다.

"이제 시험이 두 달도 안 남았다. 다들 끝까지 최선을 다해야 한다. 포기해서는 안 돼."

선생님은 마음이 약해지려는 우리를 격려했다. 밤에도

교실에서 공부를 하도록 했다. 그때 학교에는 전기가 들어오지 않아 석유를 넣어 불을 밝히는 남폿불을 사용했다.

어디선가 귀뚜라미 울음소리가 들려오면 마음이 쓸쓸해졌다.

"왜 오늘은 선생님이 이 시간까지 안 오시지? 날씨가 쌀쌀해지니 따뜻한 고구마라도 먹고 싶다."

민석이의 말에 기철이가 엉너리를 쳤다.

"그래 배가 출출하지? 내가 집에 가서 찐 고구마 가져올까? 엄마가 저녁에 고구마 쪘거든."

"내가 같이 갈까? 밤길 혼자 가면 무섭잖아."

"어두울 텐데 남폿불 가지고 가라. 우리는 잠시 쉬고 있을게. 불이 어두워지면 걸상에 앉아 쉬고 있으면 되잖아."

종만이가 두 개의 남폿불 중 하나를 들어 기철이에게 건네려 했다.

"달빛이 밝아서 그냥 갔다 와도 될 것 같은데…."

민석이가 손을 내젓다가 남폿불의 유리 등피가 떨어지

며 깨어지고 말았다. 순희와 경숙이를 비롯한 여자아이
들이 소리를 질렀다.

"야, 갑자기 손을 내저으면 어떻게 해."

종만이가 울상을 지으며 짜증스럽게 말했다.

"선생님, 오시기 전에 우선 등피부터 사다 놓자."

"정기 너 돈 있어? 난 돈이 없는데."

"나한테 있으니 걱정 말고 가서 사와."

나는 민석이에게 동전 두 개를 내밀었다.

"정기야, 고맙다. 돈 생기면 꼭 갚을게."

민석이는 종만이와 기철이를 데리고 남포 등피를 사러
버스 정류장이 있는 가게로 향했다.

나는 깨진 유리 조각을 쓸었다. 순희도 비를 가지고 와
서 도와주었다. 나는 유리 조각을 쓰레기통에 넣었다.

그 사이에 선생님이 교실 안으로 들어왔다.

"왜 이리 교실이 어둡냐?"

"남포 등피 하나를 깨뜨려서 민석이가 사러 갔어요."

내가 말했다.

"그래? 어쩌다가, 다치지는 않았고?"

"예. 다치지는 않았어요. 그런데 누가 깨뜨렸어?"

"종만이와 민석이가 깼는데. 민석이 잘못이 더 커요."

나는 잠자코 있는데 순희가 냉큼 말했다. 그 말을 듣고 선생님은 더 이상 아무 말도 하지 않았다.

얼마 후 등피를 산 아이들이 돌아오자 선생님이 물었다.

"그 등피값 누가 냈니?"

"정기가 꿔어주었어요."

선생님은 받지 않으려는 내 손에 동전 두 개를 쥐어주었다.

며칠 후 나는 아침 일찍 선생님을 따라 버스를 타고 장수 읍내로 향했다.

장수 군민의 날 행사에 학교를 대표해서 '학생 백일장'에 참석하기 위해서였다. 차창 밖으로 펼쳐지는 누런 벼논을 보니 마음이 부자가 된 것 같았다. 길가의 코스모스가 손을 흔들어 반겨주니 마음이 설레이기도 했다.

"제목이 혹시 '주논개'가 나올지도 모르겠다. 오늘 군민의 날 행사는 '논개제전' 행사도 같이 하거든."

"선생님! 논개는 우리 장수에서 태어나 진주 남강 촉석루에서 적장을 끌어안고 목숨을 던진 사람이라는 건 아는데 제전은 뭐예요?"

"제사 지내는 행사를 말하지. 주논개님의 거룩한 죽음을 기리며 군민들이 제사를 올리는 행사야."

선생님의 말을 듣고 나는 골똘한 생각에 빠졌다.

'주논개가 제목으로 나오면 어떤 내용으로 시를 쓸까? 내가 상을 타면 아버지가 무척 기뻐하실 텐데.'

나는 오랫동안 이런 생각에 빠져 있었다. 그런데 행사장에 나붙은 글감은 '가을'이었다.

나는 원고지에 쓰기 전에 연습장에 시를 써나가기 시작했다.

가을

오늘은
우리 장수 군민의 날
풍년가 울려 퍼지는 가을하늘 아래

온 군민이 한자리에 모여

잔치를 여는 날

제비 떼가 떠난다는 구월 구일 날

제비들도 아쉬운지 가지 않고 머뭇거리네

"제비들아 너희들도 쉬었다 가렴.

나쁜 벌레 잡아줘서 풍년 들었으니

맛있는 음식 함께 먹고 쉬었다 가렴"

제비들도

악보 같은 전깃줄에 모여 앉아

지지배배 노래 부르며

모두 함께 즐기는

가을 잔칫날

내 글을 본 선생님의 표정이 환해졌다.

"잘 썼구나. 틀림없이 가작 이상은 탈 것 같아."

선생님의 말씀을 듣고 나도 기분이 좋았다.

심사를 하는 시간이 무척 길게 느껴졌다. 한 시간 정도의 지루한 시간이 흘렀을 때 선생님이 나를 안아주며 말했다.

"정기야. 장하다. 니가 장원을 차지했어. 초등학교 운문부 장원이야."

선생님은 나를 들어 빙그르르 회전 그네를 태워주었다.

나는 논개제전 위원장인 국회의원으로부터 커다란 상장을 받았다.

상품으로는 동그란 모양의 탁상시계를 받았다. 나는 그 시계의 알람을 맞춰 놓고 새벽 다섯 시에 일어나 열심히 공부하였다.

입학 시험

11월이 되자 날씨가 쌀쌀해졌다. 뒤란의 감나무에 홍시가 무르익었다.

"이제 시험이 한 달도 채 안 남았다. 내일부터는 아침에 일찍 학교에 와서 체육 실기 연습을 할 테니 늦지 않도록 해라."

나는 다음날 아침 일찍 학교에 갔다. 아침밥도 제대로 먹지 못하고 고양이 세수를 하고 학교로 달려갔다.

아침 바람이 차가웠다. 가장 먼 곳에 사는 구평이도 와 있었다. 구평이는 집에서 한 시간 가까이 걸어오는 먼 곳에 살았다.

"야, 구평이 일찍 왔네."

"어, 깜깜할 때 집에서 나왔어. 우리 아버지가 손전등을 비춰주며 바래다주었어.”

“밥은 먹고 왔어?”

“어, 국에 말아서 대충 먹고 왔지.”

구평이는 오래 걸어 다녀서 그런지 몸이 튼튼했다. 그래서 달리기와 멀리뛰기 등 체육도 잘했다.

순희 경숙이 순애 같은 여자아이들도 와서 철봉에 매달리기 연습을 하고 있었다. 우리가 한 십분쯤 운동장에서 연습을 하고 있을 때 선생님이 오셨다.

“먼저 턱걸이와 매달리기부터 해보자.”

아이들이 철봉 주위로 모여들었다.

“구평이부터 해봐라.”

선생님의 말에 구평이는 자신있게 철봉에 매달렸다.

구평이는 힘들이지 않고 쑥쑥 턱걸이를 했다. 열 개쯤 했을 때 선생님이 구평이의 허리를 잡았다.

“구평이처럼 턱이 완전히 철봉에 닿게 해야 한다. 발버둥을 쳐가며, 배치기를 하면 무효 처리가 될 수 있어. 여학생들도 턱이 완전히 철봉에 닿아 있어야지 철봉 아래로 내려오면 무효가 되니 조심해야 한다.”

구평이는 기분 좋은 표정으로 활짝 웃었다.

"턱걸이를 일곱 개 이상할 수 있는 사람은 멀리뛰기 연습을 해라."

"내일은 공던지기와 달리기 연습을 할 테니 오늘은 두 가지만 열심히 해."

나는 겨우 턱걸이를 일곱 번 할 수 있었다.

"턱걸이는 일곱 번만 하면 만점이니 너무 힘 빼지 말고, 일곱 번 하는 사람은 멀리 뛰기 연습장으로 가라."

몇몇 아이들은 멀리뛰기 연습장으로 갔다.

구평이가 먼저 도움닫기를 하며 공중을 훌쩍 날았다. 모래밭에 엉덩방아를 찧으며 멀리 뛰었다.

"와, 엄청 멀리 뛴다. 4미터는 넘을 것 같아."

경숙이, 순희, 정애 같은 여자아이들이 박수를 보내주었다.

"빠르게 도움닫기를 해야 멀리 뛸 수 있어. 달려오는 힘을 실어서 공중 높이 점프를 해야 돼."

나는 선생님의 말씀을 기억하며 열심히 도움닫기를 했다. 하지만 구름판을 제대로 밟지 못해 몸이 기우뚱해지며 엉덩방아를 찧었다.

"에게 정기 너는 그것밖에 못 뛰니? 불합격!"

순애가 나를 놀렸다. 나는 모래를 한 줌 움켜쥐고 모래
밭에 뿌리려 했다. 그때 몸집이 뚱뚱한 재석이가 뛰어내
리다 내 오른쪽 발목을 밟았다.

"아야! 아이고 아파."

"미안해. 다쳤어? 많이 아파?"

재석이는 내 팔을 잡고 부축하여 나무 의자 쪽으로 데
려갔다.

나는 한쪽 다리를 절며 긴 나무 의자에 가서 걸터앉았
다.

선생님이 놀란 표정으로 달려왔다.

"정기 너, 다리 삔 것 아니야? 어디를 다친 거야?"

"예, 조금 아파요. 발목 부근인 것 같아요."

선생님은 순희를 시켜 교무실에 가서 약을 가져오게
했다. 순희는 옥도정기병을 들고 와서 선생님한테 내밀
었다. 옥도정기는 요오드팅크의 한자말이다.

"많이 안 다쳤어야 하는데, 시집가는 날 등창 난다는

115

말이 있는데, 하필 연습 첫날부터 다치고 그러냐?"

선생님은 옥도정기액을 솜에 묻혀 내 발목 주변에 발라주었다. 발목은 누르스름하게 물들기 시작했다.

"정기 너는 교실에 가서 공부를 하든지 쉬고 있어."

선생님의 지시가 떨어지자 구평이와 재석이가 나를 부축해서 교실로 데려다주었다. 나는 아치랑거리며 내 자리로 가서 앉았다. 공부 시간에도 몸이 으스스하고 발목도 욱신거리며 기분이 안 좋았다.

"많이 아프면 보건지소에 데려다줄까?"

선생님이 내 표정을 살피며 물었다.

"아뇨, 괜찮아요. 집에 가서 쉬면 될 것 같아요."

학교를 파하고 재석이가 집까지 부축하여 바래다주었다. 나는 방으로 들어가 이불을 덮고 누웠다. 몸에 열이 나고, 뼈마디가 쑤시는 것처럼 욱신거렸다. 두꺼운 이불을 덮었는데도 으실으실 추웠다.

밭에서 일하다 해질녘에 돌아온 어머니가 내 모습을 보더니 걱정을 했다.

"잠도 제대로 안 자고, 공부를 너무 많이 해서 몸살이 났나 보다."

어머니는 버스정류장 앞에 있는 약방에 가서 약을 사왔다. 약을 먹기 위해서 저녁밥을 억지로 먹었다. 하지만 이마에서는 땀만 나고 몸살기는 수그러들지 않았다.

이튿날 아침에도 몸 상태가 좋지 않았다. 발목도 멍이 든 채 조금 부어 있었다. 나는 일찍 등교해서 운동하는 것을 포기하기로 했다.

"많이 아프면 학교에 가지 마라. 집에서 하루 쉬고 나면 좋아지겠지."

나는 어머니가 말리는 것을 뿌리치고 지팡이를 짚고 천천히 학교에 갔다. 아버지가 짚고 다니던 물푸레나무 지팡이었다.

"야, 정기가 왔다. 지팡이를 짚고 왔어. 상이군인처럼 지팡이를 짚고 왔어. 누가 자기 아버지 안 닮았다 할까 봐서."

민석이의 말이 내 귀를 아프게 파고들었다.

"뭐야? 상이군인처럼⋯ 너희 아버지는 비겁하게 군대도 안 갔다 왔잖아 임마. 우리 아버지는 몸까지 다쳐가

면서 나라를 위해 싸우셨어. 그게 놀림감이 되냐? 이
나쁜 자식아!"

나는 지팡이로 민석이의 머리통을 내려쳤다.

"아야! 이 자식이, 비겁하게 지팡이로 내려쳐?"

민석이가 머리통을 감싸더니 울면서 내게 달려들려고
했다.

"너 먼저 우리 아버지를 들먹이며 나를 놀렸잖아 임
마! 한번만 더 그따위 소리 지껄이면 입을 찢어버릴 거
야."

나는 내가 그런 말을 한 것에 스스로도 놀랐다.

재석이와 준기가 민석이를 잡아 걸상에 앉혔다. 민석
이는 옷소매로 눈물을 훔치며 맞은 곳을 자꾸 만지작거
렸다.

'머리가 깨져서 피가 나면 어쩌지?'

나는 걱정이 되어 힐끗힐끗 민석이의 머리를 살폈지만
피는 흐르지 않았다.

'나쁜 자식! 우리 아버지를 나쁘게 말하면 앞으로도 가
만두지 않을 거야.'

나는 책상에 엎드려 눈물을 삼켰다.

집으로 돌아가니 외할머니가 와 계셨다. 외할머니는 부엌 부뚜막 위에 물그릇을 올려놓고 손바닥을 비벼가며 기도를 하고 있었다.

"비나이다 비나이다 조왕신님! 우리 정기가 공부한다고 몸살이 나서 고생하고 있습니다. 비나이다 비나이다 깨끗이 낫도록 보살펴주세요. 조왕신님, 조왕대신님! 비나이다 비나이다. 제발 낫게 해주세요. 우리 착한 정기, 중학 시험에 합격하도록 도와주세요. 조왕신만 믿습니다. 믿습니다."

나는 조용히 방으로 들어가 이부자리를 펼치고 누웠다.

내가 슬핏 잠이 들 무렵 외할머니가 들어오셨다.

할머니는 내 이마에 손을 대보더니 한숨을 쉬었다.

"에고 너무 공부에 매달리지 마라. 꼭 전주에 있는 중학교 갈 필요 있냐? 집에서 다닐 수 있는 장계 중학교에 가도 괜찮아. 니 아버지는 고모가 전주에 사니까 전주로 보내고 싶어했는지 몰라도 객지 나가면 고생이야. 에고 가여운 우리 손자.”

외할머니는 혼잣말처럼 계속 중얼거렸다.

외할머니는 내 발목에 약초 찧은 것을 붙이고 비닐로 싸매주었다.

“삔 곳에 좋은 애기똥풀 뿌리다. 조금 답답하더라도 꼭 싸매고 있어. 그래야 빨리 낫지.”

할머니는 해가 지기 전에 집으로 간다고 서둘러 나가셨다.

할머니의 기도 덕분인지 약방에서 지어온 약을 먹어서인지 몸살기운이 거의 사그라들었다. 발목 삔 곳도 시큰거리지 않고 많이 좋아졌다.

나는 다시 아침 일찍 학교에 나가 체육 실기시험 연습을 했다. 멀리뛰기와 달리기, 던지기는 기록이 좋아 만점이 나왔는데, 턱걸이가 문제였다. 아무리 기를 쓰고 발버둥을 쳐도 다섯 번밖에 할 수가 없었다. 나는 틈만 나면 철봉 아래에 가서 살았다. 그런데 좀처럼 일곱 번은 할 수가 없었다.

마침내 입학시험 전날 버스를 타고 전주에 갔다. 고모

집은 완산동 용머리 고개에 있었다. 나는 아버지를 따라 한번 가본 적이 있어서 헤매지 않고 잘 찾아갔다.

전주북중학교 시험장에서 나는 필기시험을 치르고 오후에는 체육 실기 시험을 치루었다. 필기시험은 한 문제도 틀리지 않고 만점을 맞은 것 같았는데, 오후에 체육 실기 시험이 문제였다. 다른 종목은 자신이 있었지만, 턱걸이 때문에 불안했다.

마침내 턱걸이를 하기 위해 숨을 크게 들이쉬고 철봉에 매달렸다.

"하나, 둘, 셋, 넷…."

그런데 누가 뒤에서 허리를 잡고 밀어 올려 주는 것처럼 가뿐하게 턱걸이를 할 수 있었다.

"일곱, 여덟. 그만. 만점!"

시험감독이 정지를 시켰다. 나는 날아갈 듯이 마음이 가벼웠다. 마침내 나는 만점으로 전주북중학교에 합격할 수 있었다. 합격 소식을 들은 교장 선생님과 담임선생님은 우리 집까지 달려와 나를 얼싸안아 주었다.

"우리 도에서 수재들만 모이는 북중학교에 합격하다

니, 정말 장하다. 학교의 영광이며 경사로구나."

교장 선생님은 담임선생님의 손을 붙잡고 덩실덩실 춤까지 추었다. 나는 교장 선생님과 담임선생님 앞에 넓죽 엎드려 큰절을 올렸다.

"아버지께서 살아 계셨더라면 얼마나 기뻐하시겠냐?"

교장 선생님의 메인 목소리에도 나는 결코 울지 않았다.

"네 아버지는 보통학교 다닐 때 줄곧 우등을 놓치지 않았단다. 몸만 다치지 않았으면 큰일을 할 사람이었는데…. 정기 네가 아버지가 못한 일을 꼭 하기 바란다."

교장 선생님은 내 두 손을 꼭 잡아주었다.

멋쟁이 새

중학교에 합격한 후 나는 틈만 나면 산을 찾았다. 톱과 낫을 지게에 지고 동네 앞산을 오르내렸다.

그 무렵 나는 부러운 게 있었다. 이웃집을 지나다 양지바른 곳에 잔뜩 쌓아 놓은 장작이었다. 높다랗게 쌓여 있는 장작을 보면 모닥불처럼 욕심이 타올랐다.

'나도 부지런히 나무를 해다 장작탑을 쌓아 올려야지.'

내 마음속에는 이런 생각이 똬리를 틀고 있어 다른 생각이 비집고 들어올 틈조차 없었다.

나는 학교가 끝나고 집에 돌아오면 바로 산으로 갔다. 친구들이 자치기를 하고 구슬치기를 하자고 꾀어도 나는 들은 척도 하지 않았다.

가까운 산에 가면 땔감으로 쓸 나무들이 보이지 않았

다. 집집마다 나무로 땔감을 했기 때문에 마른 나무 토막
은 구경도 할 수 없었다.

나는 땔감으로 쓸 만한 나무를 찾으러 점점 더 산 높이
올라야 했다. 그러다가 어느 때는 떡갈나무나 오리나무,
소나무를 베기도 했다.

"나무야 미안하다. 추운 겨울 우리 식구들이 따뜻하게
지내려면 너희들 신세를 져야 돼. 눈이 많이 쌓이기 전
에 장작을 쌓아두어야 안심할 수 있어."

나는 이런 말을 중얼거리며 나무 밑둥에 톱질을 했다.
나무를 잘라 지게에 지고 내려오다 넘어지기도 했다.

'너무 무겁게 짐을 지고 가지 말아야지.'

이런 다짐을 하면서도 언제나 힘에 부치도록 지게질을
했다.

이런 날에는 어깨도 아프고 다리도 뻐근했다.

하지만 난 집에 돌아오자마자 지칠 줄 모르고 나무를
알맞게 토막내어 도끼질을 했다. 장작을 패서 쌓아 올리
는 재미가 쏠쏠했다.

'내 키보다 높게 장작을 쌓아두어야지.'

난 장갑도 끼지 않고 장작을 패느라 손이 거칠어졌다. 찬바람에 손등이 갈라지고 손가락에서 피가 나기도 했다.

날이 갈수록 우리 집 굴뚝 옆 처마 밑에는 장작이 쌓여 갔다. 장작을 바라보는 내 마음은 몹시도 뿌듯했다. 그러면 손등이 갈라지고 피가 나는 것도 느낄 수 없었다.

어머니도 마른 솔가지와 떨어진 솔잎을 긁어 나뭇짐을 만들어 머리에 이고 날랐다. 어머니가 해온 나무는 불쏘시개로 쓰고, 내가 만든 장작은 물을 끓이고 밥을 하는데 썼다.

일요일에는 하루에 두 번씩 산을 찾았다.

그런 날은 나보다 세 살 위인 영석이 형과 같이 나무를 하러 다녔다. 내 나뭇짐은 영석이 형보다 더 무거울 때가 많았다.

"야, 정기 너는 무슨 힘이 그렇게 세냐? 너무 욕심부리다 몸살 나는 것 아니냐?"

영식이 형이 이렇게 말할 정도로 나는 몸을 돌보지 않고 나무를 해 날랐다.

눈이 내리거나 얼음이 꽁꽁 언 추운 날에도 나는 어머니 몰래 산으로 갔다. 어머니는 내가 나무를 하러 다니는 걸 말리지는 않았지만 눈이 오거나 많이 추운 날에는 산에 못 가게 했다.

"정기야, 눈밭에 미끄러져 다치면 큰일 나니까 눈이 오면 절대로 산에 가지 마라. 알았지? 에고 친구들은 열심히 뛰어노는데 그렇게 고생을 하니 어쩐다냐? 에고, 니 아버지가 원망스럽다."

어머니는 나를 볼 때마다 볼멘소리를 하며 한숨을 내쉬었다.

눈이 오면 겨울 산은 온통 꽃밭이 되었다. 나무들은 눈꽃을 피워 은세계를 만들었다. 가지마다 눈을 이고 서 있는 소나무도 아름다웠고, 떡갈나무도 오리나무도 하얀 눈꽃을 피워 눈이 부셨다.

눈이 내린 날은 세상이 온통 조용하고, 날씨도 그리 춥지 않았다.

아름다운 경치를 보는 즐거움 때문에도 나는 눈 오는 날 지게를 지고 산으로 갔다. 눈이 오거나 추운 날에는 장갑도 끼고 모자도 쓰고 산을 올랐기 때문에 나무를 하면 이마에서 송글송글 땀이 났다.

눈 쌓인 응달에 외로이 서서
아무도 찾지 않은 추운 겨울을
바람 따라 휘파람만 불고 있느냐

나는 이런 노래를 흥얼거리며 땔감으로 쓸 나무를 찾았다. 그러면 내 모습도 겨울나무와 같다는 생각이 들었다.

나는 한 그루의 겨울나무가 되어 휘파람을 불었다. 문득 오리나무 가지에 빨간 다리를 가진 새 한 마리가 앉아 지저귀기 시작했다. 새는 나뭇가지를 옮겨 다니며 고운 소리로 울었다.

나는 영석이 형을 통해 그 새의 이름을 알았다.

"형, 저 새 참 멋지다. 이름이 뭘까?"

"니가 바르게 맞췄어."

"내가 뭘 맞춰? 그럼 멋쟁이 새란 말야."

"그래 멋쟁이 새야. 나도 우리 삼촌한테 들었어. 삼촌은 새를 좋아해서 새 이름을 많이 알거든."

"그 말이 사실이면 이름과 잘 어울리는 새다."

나는 그 말을 믿기로 했다. 새에 대해 잘 아는 영석이 형 삼촌의 말이라니 거짓말이 아닐 것 같았다.

멋쟁이 새는 오리나무를 타고 올라간 노박덩굴에 앉아 노박덩굴의 빨간 열매를 따 먹느라고 신이 났다. 노박덩굴의 빨간 열매는 노란 껍질에 싸여 있어 꽃처럼 예뻤다.

'멋쟁이 새는 왜 노박덩굴 열매를 좋아할까? 생김새가 예뻐서일까? 열매가 맛있어서일까?'

나는 이런 생각을 하며 멋쟁이 새의 열매 먹는 모습을 한참동안이나 지켜보았다.

멋쟁이 새는 제비보다는 조금 더 커 보였다. 녀석은 턱밑, 머리, 눈앞은 광택이 있는 검은색이고, 목의 앞쪽과 뺨은 붉은색이다. 가슴은 밝은 붉은색을 띤 회색이다. 뒷목과 배는 회색이며 허리는 흰색이다. 꼬리와 날개는 검은색에 회색 띠가 있었다.

"저렇게 색깔이 곱고 모습이 멋진 새는 수컷이야."

영석이 형은 멋쟁이 새 이름을 알려주며 이런 말을 했었다.

눈 쌓인 산에서 아름다운 멋쟁이 새를 만나니 더욱 마음이 설레었다.

한참 동안 노박덩굴 열매를 따먹던 멋쟁이 새는 어디론가 날아가 돌아오지 않았다. 나는 서둘러 나무를 하러 눈밭을 쏘다녔다.

'나도 멋쟁이 새처럼 멋진 모습으로 살아야지. 여러 사람들에게 오래오래 기억되는 사람이 될 거야.'

나는 이런 생각을 품었다. 하늘이 조금씩 어두워졌다. 세상이 온통 눈밭이어서 어두워지는 줄을 몰랐는데 갑자기 구름이 끼며 어두워지기 시작했다.

나는 서둘러 산을 내려오기 시작했다. 지게에 진 나무는 여느 때보다 절반밖에 안 되는데도 무겁게 느껴졌다.

비탈길을 조심조심 내려오는데, 별안간 함박눈이 퍼붓기 시작했다. 눈앞에 하얀 벌떼들이 떼 지어 날고 있었다.

'눈이 오려고 그렇게 하늘이 어두워졌었구나.'

이런 생각을 하는 순간 나는 갑자기 몸의 중심을 잃고 말았다.

나는 지게를 진 채 고꾸라지며 재주를 한 번 넘었다. 이윽고 경사진 산비탈로 미끄러져 내렸다. 순간 정신이 아찔해지며 아무런 생각이 나지 않았다.

얼마가 지났을까?

"정기야, 정기야. 어서 일어나. 정신 차리렴."

누군가가 내 이름을 부르며 흔들어 깨우는 것 같은 느낌에 정신이 반짝 들었다. 내 지게의 새고자리 위에는 멋쟁이 새가 동그마니 앉아 나를 향하고 있었다. 그 새는 나와 눈이 마주치자 포로로 날아가 버렸다.

'내가 꿈을 꾼 걸까?'

세상은 온통 눈 속에 파묻혀 고요했다. 가까운 곳에서 까마귀 울음소리가 시끄럽게 들렸다. 하지만 까마귀의 모습은 아무 데에도 보이지 않았다.

'까마귀 울음소리에 정신이 들었나 보다.'

자리에서 일어나려니 어깨가 욱신거리고 발목이 시큰거렸다.

'발을 삔 것은 아닐까?'

한쪽에는 아무렇게나 널브러져 있는 지게가 보였다.

일어서려는데 갑자기 몸이 무겁게 느껴졌다. 나는 가까이에 있는 지게작대기를 지팡이 삼아 힘들게 일어났다. 이윽고 빈 지게라도 지려는데 어깨가 아파왔다.

'안 되겠다, 그냥 내려가야지.'

나는 지게 작대기를 짚고 절룩거리며 조심조심 비탈길을 올라갔다. 눈길이 미끄러워 몇 번이나 넘어졌다 일어났다.

집까지 걸어오는데 온몸이 후끈거리고 진땀이 많이 났다. 다리도 불편하고 어깨도 쑤셨다.

집으로 돌아온 나는 미지근한 아랫목에 이불을 덮고 누웠다. 오슬오슬 추워서 온몸이 자꾸만 움추러들었다.

한참 후 기척 소리에 눈을 떴다. 어머니가 걱정스런 표정으로 나를 바라보고 있었다.

"이 눈밭에 산에 갔다 온 거여? 지게는 안 보이던데 놓고 왔냐?"

"예. 미끄러워서 산에다 두고 왔어요."

"그래, 잘했다. 그런데 몸살이 났는지 끙끙 앓는 소리를 하더구나."

"감기에 걸렸는지 자꾸만 추워요."

"군불 좀 때고 얼른 밥도 할 테니까 누워 있거라. 앞으로는 산에 나무하러 다니지 마. 외삼촌한테 장작 좀 갖다 달라고 부탁했으니까."

어머니는 손으로 내 이마를 짚어보더니 걱정스러운 표정을 지었다.

"손등이 그렇게 터서 갈라졌는데 얼마나 쓰리고 아프냐?"

나는 대답 대신 말없이 눈을 감았다.

어머니는 대추와 도라지, 생강에 흑설탕을 넣고 끓인 물을 한 대접 가져왔다. 여동생에게는 정류장이 있는 삼거리 약방에 가서 몸살약을 사 오게 했다.

"이것 마시고 푹 자고 나면 많이 좋아질 게다."

어머니는 부엌으로 가서 군불을 지폈다. 미지근했던 방바닥이 따뜻해졌다. 닳아 오르던 내 몸의 열도 차츰 가라앉았다.

어머니는 커다란 홍시 두 개를 접시에 담아다 주었다. 감나무가 많은 경옥이네가 준 것을 단지 속에 넣어 두었다 꺼내온 것이리라.

나의 몸살기는 이튿날부터 눈 녹듯이 사라졌다. 하지만 정작 마당에 쌓인 눈은 녹지 않았다.

나는 그 뒤부터 겨울 산에 가면 노박덩굴 열매를 따 먹는 예쁜 새가 있는지 눈여겨 살폈다. 하지만 눈 속에서 만났던 멋쟁이 새를 그 뒤 다시는 만날 수 없었다.

'그 멋쟁이 새는 산도 아저씨가 변신했던 것은 아닐까? 내 지게 위에 앉아 걱정스러운 눈으로 나를 지켜보던 멋쟁이 새.'

나는 힘든 일이 있을 때마다 이런 생각을 하곤 하였다.

밤길 도깨비

내가 중학교에 입학하고 나서 반년쯤 뒤에 우리 집은 전주로 이사를 하였다. 그동안에는 고모 집에서 얹혀살며 학교에 다니고 있었다.

어머니는 나와 동생들을 공부시키기 위하여 힘든 일, 궂은일을 가리지 않았다. 처음에는 공사장에서 막일도 하다가, 시장에서 장사를 하기도 했다. 그러다가 병원 식당에 취직이 되면서 어려웠던 형편이 조금씩 풀리기 시작했다.

그로부터 십 년 가까운 세월이 흘렀다.

나는 교육대학을 졸업하고 선생님이 되었다. 그해 추석, 나는 그리운 친구들이 반기는 고향을 찾았다.

친구들과 술자리에 어울리다 보니 술이 흠뻑 취하고

말았다. 밤이 깊었지만 나는 친구들의 손길을 뿌리치고 자리에서 일어났다.

"외할머니께서 기다리고 계셔. 밤이 깊더라도 오늘 밤 꼭 찾아가 뵈어야 해."

"차도 없는데 밤길을 어떻게 걸어가려고 그러냐? 술도 많이 취했으니 차라리 내일 아침 일찍 첫차로 가거라."

친구들은 한사코 길을 막았지만, 나는 기어이 고집을 부렸다.

"정기, 네 고집은 정말 알아주어야 해."

민석이가 손사래를 치며 말했다.

"정말 혼자 가도 괜찮겠냐?"

기철이가 눈을 부릅뜨고 물었다.

"내가 국민학생이냐? 걱정하지 말고 어여 들어가."

"야, 정기야. 산길로 가면 위험하니 넓은 찻길로 가거라."

민현이가 내 등 뒤에 대고 소리쳤다.

나는 찻길을 따라 솔고개를 향해 걸었다. 추석인데도

구름이 끼어서 길이 어슴푸레했다. 희미한 밤길 먼 산에서는 부엉이 울음 같은 소리가 기분 나쁘게 들렸다.

솔고개 옆 먼발치에는 공동묘지가 있었다. 공동묘지로 자꾸 눈길이 쏠렸다.

나는 함께 가는 친구가 있는 것처럼 혼자 지껄이며 걸었다.

"야, 정기 너는 담력이 대단한 것 같아. 혼자 이렇게 밤길을 걷는 걸 보면."

"난, 어렸을 때부터 배짱이 좋다는 소리를 자주 들었지. 그리고 나에게는 산도 아저씨가 있으니 무섭지 않아."

"산도 아저씨! 산도 과자를 좋아하는 아저씨인가 보구나!"

"산도 과자라고 푸하하! 그 아저씨는 산포도를 좋아하는지는 모르겠다."

나는 이렇게 혼자 1인 2역을 하며 밤길을 걸었다.

보름달이 구름에 가렸지만 그래도 아주 어둡지는 않았다. 하지만 각시바위 저수지 부근 모퉁이를 돌아갈 때는

섬찟 무서운 생각이 들기도 하였다.

"자정이 넘으면 각시바위 저수지에서 빠져 죽은 귀신들이 나타나 지나가는 트럭 운전사에게 해코지하기도 한단다. 그래서 사고가 나 트럭 운전사가 죽기도 했지."

내가 밤길을 걸어간다고 했을 때 규종이가 눈을 동그랗게 뜨고 말했다.

"야, 누가 그따위 말을 믿을 줄 알고? 나를 못 가게 하려고 하는 수작이라는 것 다 알아 임마."

하지만 막상 그곳에 이르자 소름이 끼치고 머리털이 솟는 것 같았다. 나는 가끔씩 뒤를 돌아보았다. 누군가 내 뒤를 따라오는 것처럼 느껴졌기 때문이다. 그런데 정말 희미한 불빛이 나를 따라오고 있었다.

나는 다리에 힘이 풀리려고 했다. 그렇다고 주저앉을 수는 없었다. 뜨악하고 난감했다.

'호랑이는 없을 테고 여우나, 살쾡이가 나를 따라오는 것은 아닐까? 그렇다고 내가 뛰어가면 놈들이 나를 얕보고 더 빠르게 뛰어오겠지.'

나는 겁이 났지만 뛰지는 않고 잰걸음으로 사뭇 걸었다.

'아냐, 짐승들이라면 산길로 올 테지. 찻길로 올 리가 없어. 그렇다면 산도 아저씨가 아닐까?'

나는 이런 생각이 들어 뒤를 돌아보고 소리를 질렀다.

"산도, 산도 아저씨!"

하지만 공허한 메아리만 돌아올 뿐 반응이 전혀 없었다.

나는 발길을 재촉하면서 가끔씩 뒤를 돌아보았다. 의문스러운 불빛은 일정한 거리를 두고 나를 따라오고 있었다.

내가 찻길에서 외가 마을로 이어지는 갈림길까지 왔을 때 불빛이 둥그렇게 원을 그었다. 마치 대보름날 밤 불깡통을 돌리는 모습이었다.

"정기야, 잘 들어가. 니가 걱정돼서 수근이랑 같이 계속 따라 왔어."

민현이의 목소리가 틀림없었다.

"그래. 잘 가. 우린 이제 돌아갈게."

규종이의 목소리라는 것도 금세 알아차렸다.

"민현아, 규종아 고맙다. 난 산짐승이 나를 따라오는 줄 알고 많이 놀랐어. 걱정 말고 어서 돌아가."

"뭐야, 우리가 짐승들이라고 허허허! 그래 남자들은 모두 살아있는 짐승들인지도 모르지."

나는 친구들이 고마워 눈물이 나려 했다. 전등 불빛은 왔던 길로 천천히 멀어져갔다.

내가 외가에 들어서자 식구들이 모두 깜짝 놀랐다. 할머니가 등불 심지를 돋우며 말했다.

"에고 이게 누구야? 정기 아니냐? 밤도깨비처럼 왜 이렇게 늦은 밤에 오는 거여. 어휴 애빌 닮아서 겁도 없지."

외숙모도 잠이 덜 깬 눈을 비비며 말했다.

"친구들하고 술 마시다 늦게 오는 게로구나. 밤길을 걸어온 거여?"

"예, 죄송해요. 친구들이 붙잡는데도 제가 뿌리치고 왔어요. 외할머니와 외숙모가 보고 싶어서요."

나는 술기운에 평소와 달리 너스레를 떨었다.

146

"피곤할 테니 어서 자거라. 자다가 목마르면 물도 여기 있고."

외숙모는 이부자리를 펴주며 자리끼까지 떠다 머리맡에 놓아 주었다.

내가 늦은 밤길을 고집한 것은 그리운 도깨비를 만날 것 같은 기대 때문이었다. 초등학교 6학년 여름 이후로는 한 번도 만나지 못했던 산도 아저씨를 꼭 만나고 싶었기 때문이었다.

하지만 나는 그날 이후 그 도깨비를 꿈속에서조차 만날 수 없었다. 아, 그리운 도깨비여!

아침마중 동화문학 008

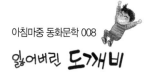

잃어버린 도깨비

초판 1쇄 · 2021년 3월 30일

지은이 · 박상재
그린이 · 정선지
펴낸이 · 안종완

편집장 · 박옥주
편집부 · 김승현

펴낸곳 · 도서출판 아침마중
등록번호 · 제2011-29호
능록일 · 2011년 11월 22일
주   소 · (우)01446 서울특별시 도봉구 도봉로 109길 78, 101호
전   화 · 02-995-0071~3, 02-995-1177
팩   스 · 02-904-0071

이메일 · adongmun@naver.com/ adongmun@hanmail.net
홈페이지 · www.adongmun.co.kr
카   페 · http://cafe.daum.net/adongmunye

ISBN 979-11-86867-59-4 73810

＊이 책은 저작권법에 따라 보호받는 저작물이므로 무단 전재와 복제를 금합니다.
＊이 책의 내용을 사용하려면 저작권자와 아침마중의 서면동의를 얻어야 합니다.
＊잘못 만들어진 책은 구입한 곳에서 바꾸어 드립니다.